하늘을 머금은 유리구슬

하늘을 머금은 유리구슬

발행일   2018년 8월 31일

지은이   김 건 희
펴낸이   손 형 국
펴낸곳   (주)북랩
편집인   선일영   편집   오경진, 권혁신, 최승헌, 최예은, 김경무
디자인   이현수, 허지혜, 김민하, 한수희, 김윤주   제작   박기성, 황동현, 구성우, 정성배
마케팅   김회란, 박진관
출판등록   2004. 12. 1(제2012-000051호.)
주소   서울시 금천구 가산디지털 1로 168, 우림라이온스밸리 B동 B113, 114호
홈페이지   www.book.co.kr
전화번호   (02)2026-5777   팩스   (02)2026-5747

ISBN   979-11-6299-309-5 03810 (종이책)   979-11-6299-310-1 05810 (전자책)

이 도서의 국립중앙도서관 출판예정도서목록(CIP)은 서지정보유통지원시스템 홈페이지(http://seoji.nl.go.kr)와
국가자료공동목록시스템(http://www.nl.go.kr/kolisnet)에서 이용하실 수 있습니다.
(CIP제어번호: CIP2018028064)

미물에게서
배우는
삶의 지혜

유
리
구
슬

머
금
은

하
늘
을

김
건
희
장
편
소
설

북랩 book Lab

"삶이란 무엇일까요?"

　우리는 무엇 때문에 삶을 마주하며 관계를 맺고 살아갈까요? 어떠한 것이 동기가 되어 꿈을 꾸며 살아갈까요? 무엇이 우리를 그렇게 만들고 있을까요? 여러분들의 삶은 어떠하신가요? 여러분들은 수많은 자기계발서가 말하듯 꿈꾸며 살아가고 있나요? 매일매일 비전을 적으며, 그날의 감사목록을 적으며 살아가고 계신가요? 많은 수필이 말하듯 서로 사랑하며 살아가고 계시나요? 가장 작게는 '나 자신'부터 크게는 자신이 마주한 '삶' 전부를 사랑하며 살아가고 있나요? 언제나 아침에 일어나는 순간을 기적으로 받아들이며, 세수를 하는 자신의 얼굴을 바라보며 응원해주고 계신가요? 아주 사소한 것에 감사하는 마음으로 내면을 풍요롭게 만들고 계신가요? 지금 이대로 완벽하다고 받아들이시나요?

"행복하세요?"

저는 어느 순간 새해 인사말인 "새해 복(福) 많이 받으세요."가 특별하게 다가오기 시작했습니다. SNS에서 헬조선이란 단어가 유행하는 시대 속에, 인사말 그대로 나에게 좋은 일이 가득했으면 좋겠으니까요. 새해에 종이 울리면 적어 놓았던 소원지를 태우면서 꼭 이루어지길 바라니까요. 어느 지방의 작은 행사나, 종교행사에 가면 꼭 소원을 적는 이벤트가 있잖아요. 매년 똑같은 것을 적을수록 더더욱 간절해지죠. 하지만 늘 세상은 나에게 이렇게 말하는 것 같아요.

"네가 만들어야지, 그런 복(福)은…"

"꿈 따윈 그저 이상이야, 철저한 노력으로 만드는 거야. 정확히 말하면 그러한 노력이 된다는 보장도 없어."

"넌 참 희망적이야, 그런데 세상은 그렇지 않아."

그래서인지 어느샌가 스스로에게 '새해 복(福) 잘 만들어야지.'가 되어버렸어요. 마냥 누군가 나에게 해주는 복(福)이 아닌 내가 스스로 삶의 주인이 되어서 창조해 나아가는 꿈(夢) 말이에요. 네, 그래요. 삶의 주인이 되고 싶어요. 이리저리 수많은 의식세계 속에, 사회구조 속에, 마지못해, 어쩔 수 없이라는 말로 하루하루 주어진 삶을 허비하고 싶지 않아요. 매 순간순간을 축복으로 받아들이며 살고 싶었어요. 하지만 그러기에 그릇이 너무 작은지 정말 많이 흔들렸어요. 저 스스로가 튼튼한 뿌리가 되어 삶의 주인이 되기에는 너무 혼란스러웠어요. 너무나 많은 의식들이 제 안으로 들어오면 감당할 수가 없으니까요. 혹시 여러분들도 그러하신가요? 여러분도 스스로가 뿌리째 흔들리시는 경우가 많나요?

하루가 다르게 변해가는 세상, 매일매일이 사건사고인 세상, 무수히 많은 생각과 의식들이 여러 매체를 통해 넘쳐흐르는 세상은 '다양함'이 넘쳐 흐르고 있어요. SNS의 게시물마다 달리는 댓글은 시대의 여론인 건가 싶은 베스트 글이 상위에 올라와있죠. 어떠한 기사가 올라오면 언제나 비난과 비판, 칭찬과 평가의 댓글이 달립니다. 단지 의견이 다르다 하여 비난의 잣대를 세우기도 하고, 그러한 감정에 동조되어 더욱 여론의 힘을 키우기도 하죠. 또 반대로 성숙한 의견과 참신한 의견도 많이 있으며, 이 또한 비슷한 감정이 동조되어 더욱 여론의 힘을 키우기도 합니다.

그런데 과연 어디까지가 단지 '다름'일 뿐일까요? 단지 다르다면 서로 존중하면 될 이야기지만 어느 순간 '옳고 그름'의 문제에 직면하지 않나요? 과연 어디서 옳고 그름의 잣대를 대야 할까요? 과연 그러한 기준이란 것이 있기나 한 것일까요? 그저 시대에 따라 변해가는 거대한 의식 구름을 따르고 수긍해야 할 뿐일까요? 어느 현자가 나타나서 새로운 진리와 가르침을 전해야 할까요? 아니면 그저 단지 다를 뿐이니 '나에게 피해만 안 오면 돼!'라는 생각으로 신경을 꺼버리면 될까요?

전 이 소설을 통해서 인류라면 누구나 추구할 수 있는 '공통 가치'를 전하고 싶습니다. 그래야 사람으로서의 공통 잣대를 가지고 세상을 대할 수 있으니까요. 어느 지역, 어느 국가에서든 말이에요. 작품 속에서는 비유를 통해 '유리구슬'이라고 했죠. 작품을 읽으시다 보면 '하얀 새'와 '다람쥐'가 나타나 내면의 빛을 볼 수 있도록 안내해 줄 것입니다. 이 책을 읽어보시기 전에 하늘을 한번 올려봐주세요. 새파랗고, 구름이 떠다니고, 눈부신 태양이 있죠. 시간에 따라 색깔도 달라지죠.

한국에 오래 산 사람이라면 누구나 '하늘'이란 단어가 단지 머리 위의 파란 하늘만을 의미한다고 생각하진 않을 거에요. 우린 드라마나 사극을 보면 가장 많이 듣는 대사가 있잖아요.

"하늘이 두렵지 않느냐!"

과연 이 하늘은 무엇을 두고 말하는 것일까요? 무엇이기에 한국인들의 언어 속에 '신'과 같은 느낌으로 자리 잡고 있을까요? 사후세계의 염라대왕? 사람으로서 지켜야 할 도리? 아니면 천도(天道), 천법(天法)일까요? 함께 내면의 여행을 통해 대화를 나누어 봐요. 제가 하늘을 올려다보며 마주한 삶 속에서 알게 된 가치가 과연 인류의 공통가치가 될 수 있을지 여러분들의 의견도 공유해 주세요.

목차

프롤로그_4

episode 1 노인과 손녀_13

episode 2 평화로운 하늘_21

episode 3 청년의 고민_29

episode 4 다람쥐와 하얀 새_35

episode 5 교감_41

episode 6 떨어뜨린 화분_47

episode 7 해바라기 씨 뭉치_53

episode 8 선(善)한 마음_59

episode 9 검붉은 구름_65

episode 10 정성스러운 간호_71

episode 11 목소리_77

episode 12 흐르는 강_83

episode 13 솟아오르는 두려움_91

episode 14 과일가게 손님_97

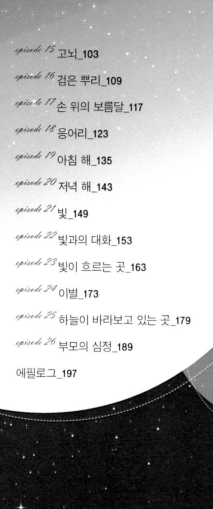

episode 15 고뇌_103

episode 16 검은 뿌리_109

episode 17 손 위의 보름달_117

episode 18 응어리_123

episode 19 아침 해_135

episode 20 저녁 해_143

episode 21 빛_149

episode 22 빛과의 대화_153

episode 23 빛이 흐르는 곳_163

episode 24 이별_173

episode 25 하늘이 바라보고 있는 곳_179

episode 26 부모의 심정_189

에필로그_197

"그해 여름은 어느 때와 달리 유난히 소나기가 잦았지."

한 노인이 공원 가장자리 언덕 위에 놓여있는 정자(亭子)에 앉아 있다. 저물어가는 노을을 바라보며 혼잣말을 내뱉은 것이다. 조금은 멀찍이 떨어져있는 산 위로 해가 반쯤 걸려있는데, 하늘에 파스텔을 칠해 놓은 듯 파란색, 주황색, 분홍색, 노란색이 조화를 이루고 있다. 알록달록한 하늘 도화지 위로 구름들이 제각기 제 멋대로의 모양으로 장식을 해놓았다. 언제나 새롭고 신비하게만 느껴지는 광경이다.

"그때나 지금이나 변함없이 한결같구나. 아주 평화로워."

노을 감상을 마친 노인은 자신의 무릎 위에 앉아있는 손녀에게 눈길을 돌렸다. 한우(韓牛) 모양을 한 빵을 양손으로 움켜쥔 채 입으로 오물거리는 모습이 너무나 사랑스럽다. 특히 통통한 볼살이 너무 귀여웠다. 보드라운 피부와, 가느다란 솜털은 보호본능을 자극했다. 한 해 한 해 나이가 들수록 새롭게 태어나는 모든 생명이 귀해 보이는 것은 세상의 이치인 듯싶다. 아주 작은 미생물부

13

터 사람까지. 하물며 자신의 혈통을 타고 태어난 손녀는 어떻게 보이겠는가. 하늘이 내려주신 축복이자 귀하디 귀한 보물이었다.

"까꿍!"

"에헤헤. 히히히히."

단순한 장난에도 손녀는 해맑게 웃었다. 너무 예쁜 나머지 자기도 모르게 손녀를 더욱 품 안으로 끌어당겼다. 서로의 눈이 가깝게 마주하자 저절로 입가에 미소가 번졌다. 손녀의 눈은 맑고 깨끗했다. 생명력이 피어오르고 있었다. 피어오른 생명력은 에너지가 되어 어린 아기의 온몸에서 흘러넘치고 있었다. 이슬 같은 눈망울은 순수함의 정수였다. 그 촉촉한 눈망울이 일렁이자 노인의 마음도 함께 일렁였다. 요동치는 마음에서 따스한 빛이 솟아오름을 느꼈다. 그러자 자기도 모르게 마음속에 어떠한 소리가 울림을 감지했다. 노인의 눈은 손녀를 바라본 채 생각은 온 마음에 집중했다.

'지켜줘야지, 가르쳐줘야 해.'

오랜 세월 동안 닦아온 노인의 마음은 유리구슬 같았다. 아니 정확히는 닦았단 말보다 청소해 왔다란 말이 더 정답일지도 모른다. 늘 정리하고, 버리고, 걷어내는 데 집중했다. 마음의 구름들을. 그래서인지 때 하나 끼지 않은 채 언제나 깨끗하고 빛났다.

유리구슬은 노인이 청년 시절부터 지금까지 살아온 삶의 나침반 같은 존재였다. 선택의 기로에 놓일 때마다 눈을 감고 마음을 들여다보면 어느새 흐르고 있는 방향이 있었다. 가끔은 며칠 동안 고민해야 흐르기도 했고 때론 몇 년씩 들여다봐도 아무런 흐름이 없을 때도 있었다. 그러다가도 마음을 잘 정리하고 유리구슬에 그림을 그리면 스스로가 이해할 수 없는 방향으로 삶이 전개되기도 하였다. 노인은 아직도 도대체 그것이 무엇인지 아직까지도 잘 깨닫지 못하고 있다. 그저 그들이 알려준 대로만 기억하고 있을 뿐.

"맛있니?"

하고 노인이 묻자

"할아버지도 한 입!"

하며 빵을 내밀었다. 그러자 노인은 실눈 뜬 미소를 지으며 한 입 베어 물었다. 세월의 흐름을 맛본 혓바닥의 감각은 무뎌있었다. 씁쓸하게도 어떤 맛인지 입으로 느낄 순 없었다.

"음, 아주 맛있구나!"

하지만 노인은 손녀와 함께 빵을 먹고 있는 이 순간을 그저 고귀하게 받아들이고 있었다. 온몸의 기능이 약해져 오감을 느끼긴 힘들었지만, 순간순간을 느끼는 영혼의 내공은 깊었기 때문이다. 그렇게 손녀와의 교감을 받아들이자 그의 내면에서 유리구슬이 따뜻하게 빛을 발하기 시작했다. 커져가는 빛은 노인으로부터 흘러나오더니 손녀를 감싸기 시작했다. 때가 된 것이다.

"아가야, 지금부터 할아버지가 재밌는 이야기를 들려줄게. 들어보지 않으련?"

손녀는 여전히 한우빵 맛에 심취해 있었다. 하지만 왠지 모르게 자신을 포근히 감싸는 할아버지의 눈길에 또 다시 눈을 맞췄다. 언제나 자신을 비춰주는 할아버지의 사랑이 마냥 좋기만 하다.

"이 할아버지도 멋진 청년 시절이 있었어요, 허허."

노인은 이야기를 어떻게 시작해야 좋을지 몰라 머쓱했다. 자신의 젊은 시절 이야기이면서도 정말 꿈같던 그때를 돌이켜 더듬기 시작했다. 이제는 희미해져 가물가물하지만, 분명 잊을 수 없는 기억이다. 부디 이 이야기가 손녀의 무의식 저편으로 심어져 인생 항로의 커다란 나침반이 되길 바라면서 노인은 이야기를 시작했다.

"이 할아버지는 아주 젊을 때부터 이 공원을 자주 찾아왔어요."

하늘을 머금은 유리구슬

산 뒤로 넘어간 노을빛이 점점 잦아들고 시작했다. 이윽고 분홍색, 오렌지색, 노란색 빛이 바래져 파란색, 보라색, 검은색으로 하늘이 뒤바뀌었다. 서쪽 하늘 한 켠에 놓인 개밥바라기별이 영화의 시작을 알리듯 나타났다. 이윽고 어두워진 하늘 위로 스크린이 펼쳐졌다. 노인과 손녀를 감싸고 있는 빛이 시공간을 가로질러 스크린을 비췄다. 그리고 한 편의 영화를 재생하기 시작했다.

"그때 무슨 일이 있었냐면은…"

신기한 하늘 풍경은 일상생활에서 쉽게 찾아볼 수 있어요.

작가의 말

급변하는 사회 속, 수많은 가치관과 생각 속에서 우리는 무엇을 중심으로 하고 살아야 할까
요? 다 같이 고민해 보아요.

　한 청년이 공원 가장자리 언덕 위에 놓여있는 정자(亭子)에 우두
커니 앉아있다. 어느 순간 매일매일 이곳을 찾아와 하늘을 올려
다보고 있다. 답답한 고민을 터놓을 곳이 없으니 어느새 자연스
럽게 그리 된 것이다. 허공에 중얼거리는 것 같아도 내뱉고 나면
그래도 조금은 속이 후련해졌다.

　"하늘이시여, 계십니까. 거기 누가 없습니까? 제 말 좀 들어주세요!"

　"세상을 보니 너무 마음이 아픈데 전 어떤 사람이 되어야 할까요?"

　"어느 것이 다른 것이고, 어느 것이 옳고 그른 것인지 알 수가
없어요!"

　아무리 외치고 외쳐도 하늘 위에 펼쳐지는 오색빛 하늘과 구
름그림은 언제나 무심했다. 지구촌 어느 나라의 테러 소식이 전
해지던 날은 황금빛 하늘이었는데, 구름 뒤에 감춰진 태양빛이
더욱 아름답게 하늘을 수놓았던 것이다. 역대 최악의 가뭄이라
며 농민들이 시름시름 앓던 해에는 분홍색으로 가득 찬 하늘이

었다. 세상이 분홍빛 하늘이라니 처음 보는 풍경이었다. 그 이후 심심치 않게 볼 수 있게 되었다. 북녘의 같은 형제들과 갈등이 빚어지던 날에는 구름이 구멍을 내어 눈동자 모양을 하고 있었다. 세상의 사건사고 따위는 무관하다는 듯 매일매일 명작들이 하늘에 걸려있었다.

'전혀 세상의 분위기와 어울리지 않아.'

어느 날은 희미하게 뿌려진 구름 천 조각들 사이로 태양빛이 번져나가는데 입이 저절로 벌어질 정도의 진풍경이었다. 청년은 저 빛이 자신에게 오는 커다란 축복이면 좋겠다고 생각했다. 이기적인가 하는 생각이 들면서도 떠오르는 생각 그대로를 받아들이고 싶었다.

세상이 늘 이렇게 사건·사고로 가득하고 고민이 가득하여도, 언제나 하늘은 상관없다는 듯 평화롭게 그림 그리기에 바빴다. 청년은 속이 터질 지경이었다.

'어떻게 저렇게 늘 평화로운 거야, 도대체.'

'저 하늘을 내 안으로 머금게 할 순 없는 걸까?'

'너무 속편한 생각인 건가, 쓸데없는 생각인 건가?'

‘현실은 전혀 그렇지 않아. 그러니 아무 의미 없는 생각은 버려.’

언제나 수많은 목소리가 내면에서 흘러넘치고 있었다. 그럴수록 드넓은 하늘이 보이는 공원에서 눈을 감고 있을 때가 많아졌다.

한여름을 지나고 있는 공원에는 수년에 걸쳐 땅속에서 자란 매미 유충이 올라와 하늘을 날기 시작했다. 그들은 짧은 지상 세계의 삶에 충실했다. 열심히 비행했고 열심히 울었다. 한쪽 나무에서 울리면 반대편에서 또다시 울었다.

"맴맴맴맴매~, 매음~."

짝을 찾는 구애의 울음소리라고 한다. 그들은 서로 사랑하고 다음 후대를 이어갈 것이다. 태어난 후손들은 또다시 그들의 선조가 겪었던 땅속에서의 삶을 살고 하늘을 날아 또 다시 후대를 이어갈 것이다. 사람도 그러한가? 나도 그러한가? 청년은 시시각각 떠오르는 생각을 그대로 받아들였다. 스스로 질문하고 스스로 답했다. 하지만 이렇다 할 속 시원한 대답은 없었다.

‘도대체 난 또 무슨 생각을 하고 있는 거야?’

때론 청년은 새벽 일찍 이슬이 채 사라지기도 전에 공원을 찾기도 하였다. 매미소리는 물론 참새들의 울음소리도 많이 들렸다.

"짹짹~, 삐익, 짹짹~."

마냥 시끄럽게만 들리는 매미 소리와는 달리 그들의 울음소리
는 아름다웠다. 좀 더 음악적이랄까. 오케스트라와 함께 연주하
면 분명 환상의 조화였으리라고 청년은 생각했다. 이 새들도 매
미와 같이 구애를 하는 걸까? 궁금하긴 하지만 애써 알아보려 하
지는 않았다. 미지의 영역에 예상치 못한 지식이 머리에 들어오면
아름답게 느껴지던 환상이 와장창 깨질까 생각 저편에 묻었다.
때론 알지 못하는 영역에 자신의 상상을 덧붙여 제멋대로 생각하
는 것도 나쁘지 않을 것 같다고 생각하면서.

"그렇지 않아도 복잡한 머릿속을 더 복잡하게 만들 필요는 없
지. 단순한 상상으로 만족해야지."

어느 날인가 평소처럼 하늘을 올려다보려, 공원에 정자(亭子)가
있는 곳으로 향했다. 늘 사람이 찾지 않는 곳이라 청년에게는 휴
식공간이었는데 그날은 쓰레기들이 널브러져있었다. 과자봉지,
술병, 담배꽁초로 가득했다. 어이가 없고 화가 났지만 들끓는 마
음에 기름을 붓고 싶지 않았다. 끓어오르는 마음을 입 밖으로 내
뱉어 버리면 하루가 너무 힘들어지기 때문이었다.

"다녀간 사람들이 이렇게라도 속마음 잘 달랬으면 그걸로 됐
지, 뭐. 나만 힘든 건 아니니깐."

그는 '지난밤 누군가 이곳에서 서로 힘들고 아픈 속내를 털어내느라 정리하지 못했나 보다.' 하면서 애써 스스로를 달랬다. 그래도 청년에게는 마음을 터놓는 공간이었는데 더럽혀진 모양새가 영 맘에 들지 않았다. 다행히 정자(亭子) 옆에 조그마한 쓰레기통이 있어 금방 정리할 수 있었다. 그렇게 정리를 하고서야 다시 하늘을 올려다보고 눈을 감으며 마음을 정리할 수 있었다.

청년에게 공원은 늘 하늘과 가장 가까운 곳이었다.

하늘은 예술가입니다.

작가의 말

여러분들은 하늘을 자주 올려다보시나요? 누구도 표현 못 할 작품들이 많습니다!

청년은 어린 시절 빨리 어른이 되고 싶었다. 어른이란 단어의 환상 때문이었다.

"어른이 된다는 건 지금보다 훨씬 멋진 사람이 된다는 뜻일 거야."

"하고 싶은 일을 아주 열정적으로 멋지게 하는 사람이겠지?"

"돈도 많아서 먹고 싶은 것, 사고 싶은 것 전부 할 수 있는 사람일 거야."

"점점 할아버지가 되어 갈수록 커다란 사람이 될 거야."

"어른이 된다는 건…. 어른이 된다는 건…."

언제나 환상으로 가득 차 있었다.

하지만 부모의 슬하를 떠나 스스로 살아가게 된 청년은 스스로가 착각 속에 빠져 살았음을 알아챘다. 사람들은 많이 '어린아이' 같았다. 아저씨 얼굴을 한 사람도 청년과 또래인 대학생도 가게에서 일하는 아주머니도 모두 아이 같았다. 정확히는 '나'와 별반 다르지 않았다.

"어른이 된다는 것…. 난 지금까지 무얼 생각하면서 어른이 되고 싶었지?"

맛있는 음식이 있으면 먹고 싶었다.
그들도 그랬다.
힘들면 누군가에게 기대고 싶었다.
그들도 그랬다.
하지만 난 이제 성인이니까 이겨내야지.
그들도 그랬다.
더 큰 세상을 봐야 하니깐 열심히 살아야지.
그들도 그랬다.
어 그런데 세상은 날 도와주지 않네?
그들도 그랬다.
청년이 느낀 모든 것을 세상의 '어른들' 모두 똑같이 느끼고 있었다.

하지만 그들은 자신과 자신의 삶을 잘 돌보지 못했다. 누군가는 '원래 사는 게 그래.'라며 귀띔했다. 그렇지만 청년은 받아들일 수 없었다. 부자연스러워 보이는 삶이 많았다.

하늘을 머금은 유리구슬

주어진 자신의 역할에 대충대충이었다.

밤늦도록 술 마시고 몸을 가누지 못해 내일을 살아갈 수 없었다.

서로서로 미워하고 있었다.

남녀들은 서로가 장난감이었다.

모두 자기가 잘났다. 보다 정확히 말하면 잘나 보이고 싶어했다.

자기 자신을 위해 가면을 쓰면 그만이었다.

그렇다. 모두가 가면을 쓴 채 살고 있었다.

청년의 눈에는 세상의 모든 것이 다 슬프고 외로워 보였다. 덩달아 자기 자신도 그렇게 되어갔다.

'세상이란 게, 원래 그래.'

누군가 청년에게 던진 말이었다. 하지만 받아들이기 힘들었다.

'다들 그렇게 사는데 왜 너만 그래?'

당연하지 않았다. 겉으로 보이는 화려함은 전부 가짜로 보였기 때문이다. 마지못해서, 어쩔 수 없으니까, 모르겠으니까, 원래 사람 사는 게 그러니까, 라는 최면 속에 살아가고 있는 것 같았다.

'다들 빠져나갈 수 없는 굴레 속에 살고 있는 것 같아. 나도 그렇게 살아야 하나?'

세상을 수용하지 못하게 된 청년은 '관계'에 어려움을 느끼기 시작했다. 사람들과의 관계, 세상과의 관계. 어디서부터 어떻게 해 나가야 할지 도저히 갈피를 잡을 수 없었다.

'도대체가 어디서부터 어떻게 무엇을 해야 하는 거지?'

청년은 점점 혼자만의 시간이 많아져갔다. 답답한 마음을 누구에게도 이야기할 수 없어 이리저리 방황했다. 조용한 곳이 필요했다. 그러다 어느 날 우연히 알게 된 공원은 혼자만의 시간을 갖기에 훌륭한 장소였다. 깔끔히 관리가 잘되어있으면서도 평소에 사람들이 잘 오지 않는 공원이었다. 숲이 있고 오솔길이 있었다. 작은 연못에는 잉어가 살고 있었고 그 가운데로 분수가 솟아올랐다. 또 부채꼴 모양의 작은 무대도 있었는데 오랫동안 공원을 찾아도 누구 하나 공연하는 사람이 없었다.

무엇보다 청년이 자주 찾게 된 장소가 있었는데 그곳은 공원 한쪽으로 솟아오른 언덕 위의 정자(亭子)가 있는 곳이었다. 그 앞에는 적당한 넓이의 나무바닥이 깔려있어 하늘이 넓게 퍼진 모습과 노을을 볼 수 있는 곳이었다. 밤이 되면 공원 아래에 놓인 마을의 야경도 볼 수 있었다.

여러분들은 고민이 생기면 어떻게 하시나요?

작가의 말

여러분들이 꿈꾸던 '어른들'의 삶은 어땠나요?

청년은 여느 때처럼 공원을 찾아 눈을 감고 심호흡을 시작했다. 날개를 편 마냥 팔을 벌리고, 가슴을 활짝 열어둔 채 숨을 크게 들이쉬고 내뱉기를 반복했다. 어느 정도 마음이 편안해지자 팔을 내리고 눈을 떠 하늘을 바라보았다. 역시나 평화로웠다. 파란 도화지 위에 구름들이 제멋대로 그림을 그리고 있었다. 해가 중천에 떠있음에도 하늘은 진하게 파랬다. 유난히도 자주 내리던 소나기가 여름 하늘을 가을 하늘처럼 보이게 해놓았다.

"음~ 하~."

숨을 내뱉고 마음을 가지런히 정리하자 그만 자리를 뜨고 싶어졌다. 공원을 내려가려 발길을 돌렸는데 길목에 다람쥐와 하얀 새가 있었다. 다람쥐는 앞발로 새의 부리를 쓰다듬고 있었다. 마치 사람의 행동 같았다. 너무 자연스럽고 신기해서 청년은 시선을 고정했다.

'뭘 하고 있는 거지?'

35

호기심이 가득 들자 한발 짝 더욱 가까이 다가섰다. 그러자 그들과 눈이 마주쳤다. 청년은 당혹감에 어찌해야 할지 몰랐다. 더 움직이자니 도망갈 것 같았고 말을 건네기도 우스꽝스러워 난감한 미소를 지었다. 그들은 청년에게로 방향을 돌렸다. 다람쥐는 성큼성큼 기었고 하얀 새는 그 옆을 따라 날았다.

'지금 나한테 오고 있는 건가? 움직이면 도망가려나? 어찌해야 하지?'

짧은 순간이었지만 많은 생각이 들었다. 청년은 평소 공원에서 많은 종류의 생명들을 보았다. 짝을 찾는 매미들이 그랬고 눈부신 아침 햇살 속에 노래하는 참새들이 그러했다. 때론 오솔길이 난 작은 숲에 청설모들이 입에 솔방울을 문 채 소나무 사이를 이리저리 날뛰기도 했다. 사람들의 관심이 두려워 보이는 고양이들도 듬성듬성 보였다. 그러나 언제나 가까이 다가가려 하면 모두가 도망쳤다. 그래서인지 그들이 다가오는 순간이 내심 기대되었다.

'해바라기 씨라도 있었으면 먹이로 줬을 텐데.'

청년은 속으로 중얼거렸다. 그러자

"마음만으로도 고마워! 하지만 우린 방금 맛있는 잣을 먹어서 배불러, 히히."

라고 다람쥐가 외쳤다.

"뭐라고? 이럴 수가!"

청년은 두 가지에 깜짝 놀랐다. 다람쥐가 말하는 것! 그리고 속으로 중얼거린 소리에 대답한 것!

"우린 다 들을 수 있어!"

이번엔 하얀 새가 말했다. 그리고 청년의 어깨 위로 날아올라 앉았다.

"그렇게 하늘에 대고 외치면 누가 대답이라도 해주디?"

하얀 새가 조롱하듯 말했다. 청년은 그대로 얼어붙었다. 상황을 전혀 이해할 수 없는 데다가 속마음이 들켜버린 것 같아 창피함이 몰려왔다. 등에서 식은땀이 흐르기 시작했다. 난감했다. 그런데 다람쥐는 그런 청년을 더욱 놀리듯 다리를 타고 올라와 가슴팍에 매달렸다. 청년은 힘이 빠져 그 자리에 털썩 주저앉고 말았다. 다람쥐는 가슴팍에서 내려와 청년과 눈이 마주치기 가장 좋은 무릎으로 자리를 옮겼다. 그리고 빤히 얼굴을 쳐다봤다.

무심코 지나친 인연이, 어느새 삶에 커다란 영향을 미칠 때가 있죠.

작가의 말

여러분들은 우연한 만남을 통해 삶이 변화한 적이 있나요?

언제인가 청년은 텔레비전 속에서 동물과 교감하는 서양인을 본 적이 있다. 동물의 몸에 손을 가져다 대고 눈을 감으면 대화가 이루어지는 장면이었는데, 사연을 가진 동물주인도 해결하지 못하는 부분을 단지 몇 분 만의 교감으로 해결하는 내용이었다. 평범한 사람들 눈에는 그저 신기해 보이는 장면일 뿐이었다. 동물애호가들은 그들에게도 마음이 있다고 말하기도 하나 청년은 아무 생각 없이 그러려니 하곤 했었다.

그런데 지금 그가 마주하는 장면은 단순한 교감이라고 하기엔 믿을 수 없는 현실이었다. 그들은 청년의 마음을 읽고 있었고 심지어 대화도 가능했다. 영화나 소설 속에서 펼쳐질 법한 순간이 벌어진 것이다. 청년은 무슨 말부터 해야 할지 몰라 쭈뼛쭈뼛거리고 있었다.

"아니, 그러니까…. 그게… 음…."

"넌 지금 하늘 너머의 무언가와 대화를 하고 싶은 거야. 그렇지?"

"아, 응."

하얀 새가 묻자 청년은 고개를 끄덕였다.

"그럼, 잘 봐."

청년의 어깨 위에 앉아 있던 새가 갑자기 하늘 위로 날았다. 계속해서 점점 더 높이 날아올랐다. 눈으로 확인하기 어려울 만큼 높이 올라가자, 갑자기 하얀 점이 밀가루 터지듯 사방으로 퍼졌다. 이리저리 튀어버린 밀가루는 제멋대로 모양을 만들어 가더니 이내 새 모양을 그려냈다. 구름이 만들어 낸 하얀 새였다. 고개를 좌우로 돌려야 모두 볼 수 있을 만큼 크게 그려졌다. 경이로웠다. 늘 보던 하늘 도화지 위로 새롭게 그려진 그림에 청년은 감탄했다. 아름다웠다. 신기했다. 마냥 평화롭다고만 느껴지던 하늘에서 생명력이 느껴졌다.

"와~"

청년은 저절로 튀어나오는 감탄 소리와 함께 박수를 쳤다. 무릎 위에 있던 다람쥐도 덩달아 같이 박수를 쳤다.

"이제 여기 있는 나와 이야기를 하면 돼."

하늘에서 음성이 들렸다. 하얀 새의 목소리였다. 귀에서 소리가 들리는 듯하면서도 마음에서 울리는 듯한 소리이기도 했다. 이리저리 혼란스러웠지만, 왠지 모르게 교감에 성공했다는 느낌에 굉장한 희열을 느꼈다. 어떤 이야기를 시작해야 할까? 청년은 이미 세상과의 관계 맺는 법을 잊어버렸다. 혼자 조용히 있는 시간이 너무 많았던 탓이었다. 청년이 어려워하는 모습을 보이자 하늘의 구름이 다시 걷히고 하얀 새가 내려왔다. 그리고 다시 청년의 어깨 위에 앉았다.

"사람과 교감할 수 있다는 건 너무 좋은 일이야. 우리도 사람과 교감하고 싶었거든."

하얀 새가 말했다.

"하지만 많은 사람들이 슬프고 아픈 사정을 가지고 있어, 고개를 숙인 채 길을 걷지. 하루하루가 바빠서 하늘을 올려다보는 사람도 많지 않아. 게다가 너처럼 교감하고 싶어 하는 사람은 더더욱 없어."

이번엔 다람쥐가 말했다. 말 속에 기쁨과 슬픔이 뒤엉킨 감정이 실려있었다.

"우리는 늘 사람들을 도와주고 싶었어. 다람쥐도 그렇고 나도 그렇고 많은 사람들에게 복(福)을 가져다주고 싶은데 그러지 못하는 게 언제나 늘 안타까웠어. 그런데…"

하얀 새가 말끝을 흐리더니 다시 이었다.

"널 만났어."

하얀 새의 맑은 눈동자가 초롱초롱 빛났다. 고개를 좌우로 까딱까딱하는 모습이 인상적이었다. 무릎으로 시선을 돌리자 다람쥐가 양손에 쥔 무언가를 건넸다. 깨끗하게 껍질이 까진 '잣'이었다.

"우리가 이렇게 만난 기념으로 주는 선물이야."

"고마워."

청년은 다람쥐의 작디작은 손에서 건네진 잣을 손가락으로 받았다. 그리고 입으로 밀어 넣었다. 너무 작아서 맛을 느끼기는 어려웠다. 그래도 영화 속 같은 이 순간을 만끽하면서 기억하고 싶었다. 입에 넣은 잣이 다 녹아 사라지자 청년은 말을 이었다.

"그래, 그럼 너희들은 어떻게 사람들을 도와주고 싶은데?"

빛이 쏟아지는 광경은, '나'를 초월한 무언가와 연결되는 느낌을 줘요.

작가의 말
───────────────────────────────────

서로 맞대어 느낀다는 뜻의 '교감(交感)'이란 단어는 묘하고 신기한 것 같아요. 영혼이
연결되는 느낌이랄까요?

"우리는 언제나 도와주고 있어!"

"그게 무슨 말이야?"

"음~. 언젠가 그런 적이 있어. 날이 너무 좋아 바람 좀 타볼 겸 해서, 어느 도시 위를 날아다닌 적이 있어. 그곳은 대학교가 있는 곳이어서 젊은 사람들이 정말 많은 곳이었어. 삼삼오오 모여 다니기도 하고 풋풋한 청춘남녀가 손을 잡고 걷기도 했어. 맛있는 아이스크림을 사기 위해 줄을 선 사람들도 많았고 두꺼운 책을 들고 바쁘게 뛰어다니는 사람도 있었지."

하얀 새는 지난 날 어느 때인가를 떠올리고 있었다.

"골목길에 고개를 푹 숙인 채 굉장히 절망적인 얼굴로 걸어가고 있는 남학생 하나가 있는 거야. 무슨 일인지 알 수 없었지만, 그 사람의 머릿속은 점점 나쁜 생각들로 가득 채워져가고 있었지. 너무 도와주고 싶었어. 일단 저 나쁜 생각을 멈추게 해주고 싶었지. 그래서…."

"그래서?"

"학생 앞으로 날아가 최대한 큰 동작으로 날개를 파닥파닥했지. 그러니 깜짝 놀라는 게 아니겠어? 나를 내쫓으려 팔을 이리저리 휘저었어. 그래서 난 다시 하늘로 올라갔지. 제발 나쁜 생각을 멈추길 바라는 마음으로."

"그래서 그 학생은 생각을 멈췄니?"

"안타깝게도 그러지 못했어. 오히려 갑자기 나타난 나 때문에 자신의 삶을 더욱 비관하더군. 저 새가 나를 놀린다면서. 도와주려 하는데 쉽게 되지 않았어. 하지만 포기하지 않았지!"

하얀 새는 눈을 감고 차분히 기억을 더듬었다.

"조금 높은 곳에 올라가니 건물 옥상에 화분이 있었어. 난 조심스레 아래를 잘 확인하고 학생이 지나가는 길목으로 떨어뜨렸지. 화분은 완벽하게 깨졌고 아무도 다치지 않았어."

"너무 위험한 방법 아니니?"

청년이 살짝 얼굴을 찡그렸다.

"응! 분명 그랬어. 하지만 그 덕분에 청년 옆을 지나가던 두 사람의 시선이 청년에게 향했지. 그러더니 그중에 한 사람이 청년에게 이런 말을 하는 거야."

"무슨 말을 했는데?"

하얀 새는 목을 가다듬고 굵직했던 그 목소리를 따라 하려 자세를 잡았다.

"웃어요! 웃는 얼굴이 제일 멋있어요!"

하얀 새는 그날 종일 학생의 주위를 맴돌았다. 학생은 정신 차리려 마음을 먹었는지 그날 저녁 온 동네를 뛰어다녔다. 심장이 터지도록 뛰고 나서야 모든 부정적인 생각들을 지울 수 있었다. 넓은 공터에서 숨을 헐떡이며 대(大)자로 뻗어있는 학생은 상기된 얼굴로 웃음을 띠고 있었다. 그런 학생의 한층 밝아진 얼굴을 본 하얀 새는 기쁜 마음으로 하늘로 올라가 엄지손가락을 치켜세운 구름 모양을 만들었다. 그 날 학생이 일어선 것에 대한 감사의 표시였다.

"그날 난 정말 행복했어. 누군가에게 도움을 줄 수 있다는 건 축복이야!"

개 발바닥(?), 뜬금없는 상황이 나를 일으킬 때가 있죠.

작가의 말

여러분도 알게 모르게 누군가를 도와준 경험이 있나요? 또는 예상 밖의 도움을 받아 고개 들고 일어난 적이 있나요?

"나도 한 가지 이야기해주고 싶은 것이 있어."

이어서 다람쥐가 말했다. 청년은 다음 이야기가 궁금해서 말똥 말똥한 눈으로 다람쥐를 쳐다봤다. 정말 순수하고 깨끗한 마음 을 가진 동물들이었다. 단순한 이야기이지만 불편한 세상과는 반 대로 평온한 이야기를 하고 있었다.

"한 소녀 가장이 있었어."

다람쥐는 눈을 감고 그때를 떠올렸다. 그 모습을 바라보던 청 년은 눈을 어디로 둬야 할지 몰라 덩달아 눈을 감고 이야기의 내 용을 마음속으로 그리려 애쓰기 시작했다.

"늙은 부모님이 계시고 아직 한참 자라나는 동생들이 있었지. 형편이 어렵지는 않았지만 매일 반복되는 생활에 지쳐있었어."

소녀는 매일 일과 운동을 반복하며 살고 있었다. 삶의 균형을 찾고자 택한 삶의 방식이었다. 지금을 위해 열심히 일했으며 건

강하고 더욱 풍요로운 미래를 위해 자신의 체력관리를 꾸준히 하고 있었다. 하지만 언젠가부터 계속 반복되는 삶에 지쳐있었다. 밝은 미래와 집안 가장으로서의 책임을 어깨에 짊어지고 있지만 새롭게 나아갈 해결책을 찾지 못하고 있었다.

"그 소녀는 보다 더 풍요로운 삶을 원했어. 가진 것이 없으니 앞으로 나아갈 수 없다고 생각했어. 매일매일 반복되는 삶에서 스스로 의미를 찾지 않으면 살아가기가 힘들었지."

"소녀는 어떤 미래를 꿈꾸고 있었니?"

"멋진 배우자를 만나 넓은 세상을 돌아보는 것이 꿈이었어. 하지만 이도 저도 못하고 있었지. 부자가 되고 싶어서 책도 여럿 보기도 했고 다양한 분야에 도전해보기도 했지만, 세상은 만만치 않았지."

"그래서 어떤 도움을 주었는데?"

청년의 물음에 다람쥐가 눈을 떴다. 청년은 아는지 모르는지 계속 눈을 감고 다람쥐의 이야기에 상상을 더해 그림을 그리고 있었다. 다람쥐는 한 손으로 자신의 볼을 밀어 입 밖으로 무언가를 꺼내 청년에게 내밀었다.

"바로 이거야."

청년은 눈을 뜨고 바라보았다. 방금 전 건네받아 입에 넣었던 잣과는 조금 달랐다. 작디작은 해바라기 씨였다.

"어떻게 소녀를 도와줄까 고민하다가 떠오른 방법이었어! 소녀는 매일 같은 일상이어서 다니는 길도 같았지. 그날도 역시 운동하다가 어딘가에 앉아 쉬려고 의자를 찾고 있었어. 하지만 그 의자가 어딘지 나에겐 뻔했거든. 그래서 해바라기 씨를 잔뜩 볼에다 저장해 둔 다음 의자에 마구마구 가져다 놓았지."

"그게 어떤 도움을 주었다는 거야?

"혼자가 아니라는 걸 알려주고 싶었어. 그리고 풍족하게 쌓아놓으면 잠시나마 마음이 든든해지잖아? 분명 멋진 미래가 올 것이라고 응원해주고 싶었어."

그날 다람쥐는 네 번이나 왔다갔다 하며 해바라기 씨를 벤치에 올려두었다. 소녀에게는 굉장히 작은 간식 정도에 불과하겠지만 누군가 꼭 도와줄 것이라고 알려주고 싶었다. 부디 희망을 갖길 원했다.

그날 역시 소녀가 운동을 마치고 의자를 찾았다. 매번 앉던 곳

55

에 앉으려 하는데 쌓여있는 해바라기 씨가 보였다. 물음표가 머리 위로 올라가더니 이내 느낌표로 바뀌었다.

"언제가 될지 모르지만 제발 그랬으면 좋겠다. 꿈꾸는 미래가 꼭 다가오면 좋겠어."

이윽고 답답했던 마음이 풀렸는지 휴대폰을 꺼내 가지런히 정리된 해바라기 씨를 사진으로 찍었다. 그리고 흐뭇한 미소를 지은 채 집으로 돌아갔다.

"그날 소녀의 마음은 가벼워졌어. '그래도 보이지 않는 누군가가 도와주고 있구나'라고 스스로 다시 희망을 붙잡은 거야. 해바라기 씨는 가져가지 않았지만 분명 거기엔 소녀의 짐들이 가득 쌓여 있었어. 그 짐은 아무도 도와주지 않는다는 외로움과 포기하고 싶은 마음들이었지."

다람쥐의 이야기를 들은 청년도 소녀와 같이 마음의 짐들을 내려놓았다. 그럴 수밖에 없었다. 자신 또한 사소한 희망을 붙잡고 살아가고 있기 때문이었다. 하늘은 평화로우니까 자신도 그곳에서 위로받고 싶으니까. 청년에게는 공원에서 하늘을 보는 일이 전부였지만 이들로부터 위로받는 것 같아 마음이 풀렸다. 그리고 보니 그들은 나를 도와주러 온 것일까? 청년은 갑자기 궁금해졌다.

"너희들도 나를 도와주러 온 거니?"

매일 찾는 공원, 어느 날 문득 본 쌓여 있는 해바라기 씨 뭉치는

단순한 우연이었을까요?

작가의 말

여러분들은 어떻게 스스로 위로하고 희망을 얻나요? 또는 어떻게 주위 사람들을 위로하
고 희망을 불어넣나요? 이성적으로 납득이 되지 않은 일들이 여러분을 일으켜 세운 적이
있나요?

"정답!"

다람쥐가 두 손가락을 미끄러뜨리며 외쳤다. 사실 다람쥐와 하얀 새는 청년이 공원을 찾은 순간부터 봐왔다. 하늘에 대고 무슨 고민을 말하는지 그의 심정이 어떠한지 다 알고 있었다. 보통은 개인적인 일로 많이 힘들어 하는데, 이 청년은 자신을 넘어 주변 사람까지 보며 고민하고 슬퍼하고 있었다. 그래서일까 어떻게 도와주어야 할지 도저히 갈피를 잡을 수 없었다. 다른 사람이었으면 간단한 도움으로 이끌어 줄 수 있을 텐데 이 청년은 그러하지 않았다. 조금 특별하다고나 할까. 그래서 기다렸다. 교감할 수 있을 때까지. 좀 더 마음을 내려놓고 생각을 비울 때까지. 어떤 상황이 와도 흔들리지 않을 튼튼한 뿌리가 될 때까지 기다릴 수밖에 없었다.

어느 날인가 다람쥐가 나무 위에서 도토리를 베개 삼아 낮잠을 자고 있었다. 전날 밤 공원 정자(亭子)에 사람들이 찾아와 술을 마시며 난장판을 일으킨 바람에 한숨도 못 잔 탓이었다.

"부어라~! 마셔라~!"

"인생이란 게 뭐 있어? 대충대충 적당히 즐기다 가면 돼!"

"내가 태어난 배경이 이런데 어째? 할 수 없지 뭐!"

"눈 한번 찔끔 감고 저지르면 앞길이 훤해져!"

다람쥐는 코가 빨개지고 귀가 빨개져 몸을 잘 가누지 못한 채 탄식하는 사람들을 보며 안타까워했다. 마음이라도 올곧게 서려고 하면 도와줄 수 있는데 그들은 어떤 도움도 받기를 원하지 않는 것 같았다. 오늘을 살고 오늘을 정리하지 못한 채 내일을 맞이하며 살고 있었다.

'그 청년에게는 이런 모습들이 충분히 고민할 이유지.'

지난밤의 기억 덕분에 낮잠을 뒤척이던 다람쥐가 무언가 부스럭거리는 소리에 짜증을 내며 일어났다.

"아! 낮잠을 방해하는 이 심술꾸러기는 누구야!"

청년이었다. 그날도 청년은 하늘을 보러 왔다가 쓰레기로 뒤범벅이 된 정자(亭子)를 청소하고 있었다. 마음을 평온히 하고 싶어서 온 자리에 쓰레기라니 도저히 반갑지 않은 모습이었다. 깨진 술병, 과자 봉지, 먹다 남은 치킨, 종이컵이 뒤엉켜 있었다. 다행히 정자(亭子) 옆에는 철로 만들어진 쓰레기통이 있어 쉽게 처리할 수 있었다. 정리를 마친 청년은 다시 하늘을 올려다보기 시작했다. 다람쥐는 이제 때가 되었구나 하는 생각이 들었다.

"저 청년에게서 보이는 특별한 느낌은 선(善)하다는 거야."

어디서 나타난 하얀 새가 다람쥐가 누워 있던 나무로 날아와 말했다.

"그래 맞아. 선(善)한 마음."

다람쥐가 말을 받아쳤다. 그리고 말을 이었다.

"우리가 도와주자!"

비가 그치면 하늘은 다시 열리죠.

작가의 말

점점 가속화되어가는 시대변화에 따른 갈등을 여러분은 느낀 적 있나요? 과거엔 자연스러운 사람들 삶의 한 부분이었던 모습들이, 현시대의 여러분들에겐 다르게 느껴질 때가 있나요? 가치관의 '옳고 그름'과 단지 '다름'을 놓고 고민해 본 적 있나요?

episode 9 검붉은 구름

청년과 다람쥐 그리고 하얀 새는 공원 정자(亭子)를 등지고 구름이 제멋대로 흐트러진 하늘을 마주했다. 다람쥐와 하얀 새가 나란히 청년의 양 어깨에 앉았다. 태양은 구름의 움직임에 따라 완전히 가려지기도 하고 반쯤 빼꼼 내밀기도 했다.

"넌 네 안에 가장 투명하고 순수한 마음을 먼저 볼 줄 알아야 해."

하얀 새가 말했다.

"무슨 소리야?

청년이 의아해 하며 물었다.

"지금부터 차근차근 연습하면 알게 될 거야. 자, 지금부터 시키는 대로 해봐!"

하얀 새가 한층 진지해진 어조로 말을 이었다.

"먼저 네가 평소 하던 것처럼 눈을 감고 팔을 살짝 벌려보렴."

청년은 입을 다문 채로 조용히 눈을 감았다. 그리고 팔을 벌렸다. 살랑살랑 불어오는 바람이 한층 기분을 편하게 만들어 주었다.

"그런 다음 마음속에 방금 본 저 하늘을 그려봐! 파란 하늘과 밝게 빛나는 태양, 그리고 뭉게뭉게 떠도는 구름들을!"

청년은 편안히 방금 바라본 하늘 그대로를 마음속에 그리려 했다. 그동안은 숨만 들이쉬었으니 그림 그리는 일 따윈 간단한 일이라고 생각했다.

하지만 무슨 일인지 먹구름만 계속 그려졌다. 파란 하늘과 태양을 그리려 해도 먹구름이 제멋대로 움직이는 그림만 그려졌다. 청년은 혼란스러워지기 시작했다. 어찌해야 할지 몰라 등에 식은땀이 흐르기 시작했다. 그러더니 이내 두려움을 느끼기 시작했다.

커다래진 두려움은 마음속 먹구름들을 붉게 물들이기 시작했다.

붉게 물들여진 마음은 이내 검붉은 색으로 더욱 어두워졌다.

먹구름과 붉은색 검은색이 뒤섞여 버린 마음은 청년을 더욱 숨 가쁘게 만들었다.

하늘을 머금은 유리구슬

뒤엉켜버린 마음은 이내 청년의 가슴속에 정중앙에 자리 잡았다.

그러더니 소용돌이가 되었다.

그러고는 청년의 모든 영혼을 빨아들이기 시작했다.

"이럴 수가! 헉, 헉!"

온몸에 힘이 빠져나가는 건 순식간이었다. 배터리가 방전된 기계마냥 힘없이 축 늘어졌다. 그럼에도 불구하고 소용돌이는 청년을 더욱 밑바닥으로 끌어내렸다. 지옥의 밑창이 느껴지면 또다시 더욱 아래로 끌고 내려갔다. 끝이 없었다.

'아니 도대체 어디까지 끌려 내려가는 거야! 제발! 도와줘!'

옆에서 지켜보던 다람쥐가 예상했던 것보다 심각한 사태에 당황했다. 그리고 얼른 소용돌이로부터 구해줘야겠다고 생각했다.

"짝!"

다람쥐가 청년의 귀에 손뼉을 쳤다.

"정신 차려!"

식은땀 흘리며 숨 가빠하는 청년을 본 다람쥐가 급하게 외쳤다. 깜짝 놀란 청년은 곧바로 눈을 떴다. 파란 하늘은 무슨 일 있냐는 듯 여전히 평화로웠다. 현실로 돌아온 청년은 몸과 마음이 갑자기 축 늘어지더니 그 자리에 털썩 주저앉았다. 그리고 고개를 무릎 사이로 파묻었다.

다람쥐와 하얀 새는 아무 말 하지 않고 청년의 머리를 쓰다듬었다. 해가 저물어 노을이 펼쳐져서야 청년은 진정했다. 하지만 온몸에 힘이 다 빠진 상태라 아무것도 할 수 없었다. 이야기할 힘도 걸을 힘도 없었다. 그저 쉬고 싶었다. 옆에서 안타깝게 바라보던 다람쥐가 말을 건넸다.

"오늘은 여기까지만 하자. 정자(亭子)에서 쉬고 있으렴."

유치원에서 뛰어다니는 아이들을 보면
누구라도 순수한 마음을 가지고 있는 것 같아요.

작가의 말

마치 이 세계를 초월한 어떤 공간에는 수많은 생각과 의식, 감정들이 구름처럼 떠돌
고 있는 것 같아요. 그리고 내 안에 어떠한 생각과 의식, 감정들이 나타나면 떠도는
구름들과 하나가 되어 내 안에 자리 잡는 것 같아요.

청년은 정자(亭子)에 누웠다. 저녁 시간이라 허기졌지만 좀처럼 힘을 낼 수 없었다. 방금 전 마음속에서 일어난 검붉은 소용돌이가 무엇인가 곰곰이 곱씹어보았다. 하나 고민은 더욱 마음을 힘들게 할 뿐이어서 이내 생각을 멈췄다. 그저 좀 더 심신이 안정되길 원했다.

"내가 먹을 것을 좀 구해올게."

다람쥐가 말했다.

"이 공원에 잣이 아주 많거든!"

말을 마친 다람쥐가 먹을 것을 구하러 떠났다. 청년의 곁에는 하얀 새만이 남아있다.

"땀을 너무 많이 흘렸어. 금방 물을 가져다줄게."

하얀 새가 공원 어느 한구석으로 날더니 커다란 나뭇잎을 물어왔다.

"넌 손이 있으니 이 나뭇잎으로 컵을 만들 수 있지?"

말없이 나뭇잎을 받아든 청년은 어떤 말도 하지 않은 채 묵묵히 컵을 만들었다. 얼추 컵 모양이 된 나뭇잎을 본 하얀 새는 곧장 하늘로 치솟았다. 주황색과 핑크색으로 물든 저녁노을은 구름이 사방으로 퍼져있었다. 하늘에 퍼진 어느 구름 한 점에 하얀 새가 날아가더니 솜사탕 같던 구름이 작아졌다.

'그 컵을 정자(亭子) 밖으로 잠시 내밀어 줄래?'

하늘에서, 아니 마음에서 그렇게 소리가 울렸다. 하얀 새의 목소리였다. 청년은 축 늘어진 몸을 이끌고 이끌어 간신히 정자(亭子) 밖으로 컵을 내밀었다. 그러자 작아진 구름에서 물이 떨어지더니 컵 안으로 가득 담겼다.

"마시고 나면 많이 편안해질 거야."

나뭇잎 컵에 담긴 물을 '주~욱' 들이킨 청년은 크게 숨을 내뱉었다. 조금은 살 것 같다는 느낌이 들어서였다. 하나 허기진 배는 어쩌지 못했다. 얼른 다람쥐가 돌아오길 기다릴 수밖에 없었다. 다시 눈을 감고 호흡을 편안히 가다듬었다. 머리부터 발끝까지 전부 힘을 풀었다. 여러 차례 숨쉬기를 반복하자 다람쥐가 한가득 나뭇잎 보따리를 싸들고 나타났다.

"자! 밥 먹자~!"

다람쥐는 청년 앞으로 보따리를 풀었다. 잣과 덜 익은 밤이 한가득했다. 어디서 구해왔는지 듬성듬성 해바라기 씨도 보였다. 청년은 애써 힘든 몸을 일으켜 식사를 시작했다. 다람쥐가 가져온 견과류는 청년이 한입에 털어 넣으면 사라져버리는 적은 양이었다. 그래서 다람쥐는 공원에 살고 있는 여러 동물들에게 도움을 청했다.

늘 청년이 공원에서 마주하던 생명들이 하나둘씩 나타났다. 고양이는 사람들이 자신에게 준 샌드위치를 물어왔다. 햄과 계란 그리고 양상추가 어우러진 샌드위치였다. 청설모는 밤을 많이 물어왔다. 이 나무 저 나무를 뛰어다니며 다람쥐의 부탁을 들어주었다. 하얀 새는 청년의 컵이 빌 때마다 하늘로 올라가 물을 내렸다. 참새들은 커다란 나뭇잎을 물어왔다. 청년이 오늘 푹 쉴 수 있게 이부자리를 마련해주기 위해서이다. 참새들이 잎을 물어오면 매미들이 나타나 잎을 서로서로 붙였다. 그러자 청년을 덮어줄 이불과 베개가 완성되었다.

"난 무얼 도와주면 될까?"

풍성한 식사를 하던 청년이 받기만 하는 것이 민망한지 멀뚱멀뚱 눈앞의 상황을 바라보며 물었다.

"자! 완성이다! 고마워, 친구들."

다람쥐가 청년의 물음엔 대답하지 않고 도움을 요청한 친구들에게 손을 흔들었다. 볼일을 마치자 모두 각자의 영역으로 흩어졌다. 다시 청년과 하얀 새 그리고 다람쥐만이 남았다. 어느새 나뭇잎 이부자리가 깔렸다.

"오늘은 그냥 푹 쉬어~. 아무도 이곳으로 오지 못하게 우리가 지켜줄게."

하얀 새가 말했다.

청년은 고개를 끄덕이고 그대로 누웠다. 다람쥐와 하얀 새가 나뭇잎 이불을 끌어올려 청년을 덮어주었다. 하루 만에 너무 많은 일들이 일어났다. 여러 생각이 떠올랐지만, 더 피곤해지는 것 같아 청년은 곧바로 잠들기로 결심했다. 그리고 눈을 감았다.

멋진 공원의 고요하고 평화로운 밤은 지친 심신을 치유하기 좋아요!

작가의 말

지구상에 있는 사랑이 아닌 다른 존재들과 직접 교감할 수 있다면 얼마나 아름다운 세상일까요? 교감의 매개체는 '사랑'이지 않을까요?

눈을 감은 지 오래인 것 같은데 청년의 의식은 또렷했다. 스스로도 잠이 든 것인지 깨어있는지 구분하지 못했다. 아마 너무 지친 탓이겠거니 싶었다. 아니 어쩌면 다람쥐와 새를 만나 일어난 모든 일들이 꿈일지도 모른다고, 그리고 지금 꿈에서 깨어나는 중일지도 모른다고 청년은 스스로 생각했다.

"!"

청년은 누워있는 자신 주위로 갑자기 무언가가 다가왔음을 직감했다. 다가온 무언가는 청년을 감싸기 시작했다. 청년은 덜컥 겁이 났다

'이건 또 무슨 상황이지?'

두려움이 커져갔지만, 이내 수그러들었다. 청년을 감싼 그 무언가가 너무나 포근했기 때문이다.

'눈 떠볼까?'

하지만 용기가 나지 않았다. 귀신이라도 보일까 어쩌지 못하는 청년은 그저 자신을 감싼 무언가를 느끼고만 있었다. 여전히 부드럽고 따뜻했다. 피곤에 지쳐버린 몸마저 다 풀어버리는 힘이었다.

"하하하하하하~, 아! 하하하하하~!"

포근한 에너지 사이로 남자의 웃음소리가 들렸다. 세상에나, 그 옛날 천하를 호령하던 광개토대왕의 목소리라면 저랬을까. 대장부 중에 대장부라 할 만한 엄청난 힘을 가진 웃음 소리였다.

"기특하구나! 기특해! 아하하하하~!"

청년은 지금 자기가 호랑이 앞에 있나 싶은 생각이 들었다. 하지만 여전히 눈을 감은 채 누워만 있었다. 차마 눈뜰 용기가 나지 않았다. 그저 목소리에만 집중했다.

'뭐라도 말해야 하는 건가?'

청년은 망설였다. 문득 자기가 매일 하늘을 올려다보며 외치던 말들을 꺼내야겠다는 생각이 들었다.

'저기, 전 어떻게 살아야 할까요? 전 무얼 해야 할까요?'

하늘을 머금은 유리구슬

그저 속으로 외치기만 할 뿐이었다. 하지만 청년의 물음에 아랑곳하지 않고 웃음소리는 더욱 커져만 갔다. 지구 어디서든 들릴 만한 천하대장군의 웃음 소리였다.

"하하하하하하~, 몰래 와서 뽀뽀해주려고 했는데 들켰네! 아하하하하하~."

세상을 집어삼킬 것 같은 웃음소리는 금세 점점 저 멀리 사라져갔다. 그와 같이 청년을 감싸던 에너지도 함께 사라졌다. 그 빈자리에는 고요함만이 가득 찼다.

청년은 놀랐지만 더 이상 아무 생각도 하고 싶지 않았다. 멈췄다 생각을. 본인 스스로가 너무 피곤해서 그렇구나라고 애써 생각하면서, 그대로, 그대로 편안해진 몸과 함께 잠들었다.

서툴게 찍은 사진이 되려 위로받는 사진으로 다가올 때가 있어요. 모든
순간이 아름답지만 스스로 느끼지 못하고 있음을 일깨워주듯이 말이에요.

작가의 말

여러분은 온몸의 세포 하나하나까지 따뜻해지는 에너지를 느껴본 적이 있나요? 도저히 머리로는 납득할 수 없지만, 분명히 존재하는 힘! 오로지 '느낀다'라고 밖에 표현할 수 없는 기운!

다음 날 아침, 짹짹거리는 참새 울음소리에 청년은 눈을 떴다. 해가 동쪽에서 떠오르고 있어 정자(亭子)에서 보이지는 않았다. 아침이슬이 곳곳에 맑게 맺혔다. 햇빛도 맑았다. 아직은 해가 낮은 위치에 있어서인지 그림자가 짙었다. 매미 울음 소리는 들리지 않았다. 고요함 속에 참새 소리만이 배경음악을 깔아주고 있었다. 평화로웠다.

"아아하~ 흠!"

청년이 기지개를 켬과 동시에 하품을 했다. 그리고 몸을 일으켰다. 지난밤 덮고 잔 나뭇잎 베개와 이불은 제법 편안했다. 어느 피서지에서 이런 경험을 해볼 수 있을까 하는 생각이 들었다. 문득 지난밤에 들린 목소리가 생각났다. 짧고 강렬한 순간이었었다. 하지만 믿을 수 없는 일의 연속이라 그저 어리둥절할 뿐이었다.

'역시 내가 너무 피곤해서 꿈을 꾼 건가?'

"일어났니?"

하얀 새가 물었다. 그러곤 아직 잠이 덜 깬 청년에게 마룻바닥으로 시선을 보냈다. 그곳엔 전날 저녁과 같이 푸짐한 식사가 차려져 있었다. 잣과 밤이 한가득인 것은 물론 어디서 구했는지 과자 봉지와 음료수 캔도 함께 있었다.

"과자와 음료수는 지난밤 공원에 찾아온 불청객들이 놓고 간 것들이야. 다행히 손때 하나 묻지 않았어. 깨끗하니 안심하고 먹어."

이번엔 다람쥐가 말했다.

'나는 지금 참 고마운 순간들을 마주하고 있구나.' 하고 청년은 생각했다. 그리고 오늘은 또 어떤 일이 펼쳐질지에 대한 기대감과 두려움이 공존했다. 청년은 고맙단 말 한마디와 함께 묵묵히 식사를 했다.

식사를 마치자 하얀 새와 다람쥐가 공원 인근에 있는 강으로 청년을 이끌었다. 잦은 소나기로 불어난 강이 시원하게 흐르고 있었다. 마치 청소하는 것 같았다. 아무런 방해물 없이 순조롭게 잘 흘러가는 강은 힘이 넘치고 경이로웠다. 무엇이 강 위를 덮치든 그대로 깨끗하게 흘러갈 것 같았다.

"오늘 수업은 여기서 하자!"

하얀 새가 말했다.

"어제처럼 눈을 감고 하늘을 그리는 거야?"

"음~ 비슷해. 하지만 조금 더 진도를 나가 보자!"

청년은 순간 두려워졌다. 어제 소용돌이 속으로 모든 영혼이 빨려 들어가는 경험은 두 번 다시 하고 싶지 않기 때문이었다.

"자 봐! 저 앞에 강물이 아주 힘차게 흘러가고 있지?"

"응! 덕분에 더러운 것이 많이 흘러가서 제법 깨끗해졌어."

"그렇지! 바로 그거야. 지금 이 강의 모습 그대로를 기억할래?"

청년은 말없이 강을 바라보았다. 애써 생각하지 않아도 곧바로 떠올릴 수 있게끔 계속 바라보았다. 아주 부드럽게 흐르고 있었다. 너무 부드럽게 흐르고 있어 그 안으로 들어가고 싶었다. 신기했다. 문득 자신이 바라본 세상의 올바르지 못한 것들이 저렇게 흘러가버리면 좋겠다는 생각이 들었다.

그런 청년을 바라본 하얀 새와 다람쥐는 청년의 마음을 들여다보았다. 검붉은 먹구름 사이로 태양이 빛나고 있었다. 아직은 힐

끗힐끗 보이는 정도였지만 저 구름들을 스스로 걷어낼 수 있게끔 도와주어야겠다고 그들은 생각했다.

"좋아! 이제 슬슬 시작해 보자! 어제처럼 파란 하늘과 빛나는 태양. 그리고 하얀 구름들을 머릿속에 그려볼래?"

청년의 머리는 흐르는 강으로 가득 차 있었지만 하얀 새의 말을 따라보기로 했다. 하지만 두려움이 남아있어서인지 선뜻 머릿속에 장면을 바꾸진 못했다.

"갑자기 장면을 바꾸지 말고 천천히 해보자! 도와줄게!"

하얀 새가 옆에서 거들었다.

"지금 흐르는 강을 계속 떠올려봐. 그리고 그 강 속에 태양을 먼저 그려보자."

청년은 시키는 대로 따르기로 했다. 눈앞에 흐르는 강을 머릿속에 그리고, 그 강 속에 동그란 태양을 그렸다. 언제나 파란 하늘만 바라보다가 녹색 강물에 태양이 그려지니 영 어울리지 않았다. 그래도 물속에 있는 태양이라 빛이 사방으로 퍼지지 않았다. 온전히 동그란 모습 그대로 그려졌다. 순백의 빛이었다. 어제는 그릴 수 없었던 태양을 비교적 무난히 그렸다.

하늘을 머금은 유리구슬

"다음은 태양 주위로 구름을 그려보자."

청년은 여전히 입을 다문 채 구름을 그리기 시작했다. 여전히 긴장감과 두려움이 가득해서인지 구름은 하얗게 그리기 어려웠다. 공포스러운 감정을 동반한 구름은 잿빛과 검붉은 색을 띠었다. 또다시 소용돌이 속으로 빠져드는 게 아닌가 싶었다.

'아!'

청년의 머릿속이 번뜩했다. 자긴 지금껏 계속 강물을 흘려보내는 그림을 그리고 있었으면서 두려움의 색깔을 띤 구름은 함께 흘려보내지 않고 있었다는 것을 깨달았다.

"그래, 바로 그거야!"

다람쥐와 하얀 새가 기뻐하며 이구동성으로 외쳤다.

불어난 강물이 힘차게 휩쓸고 지나가면, 떠다니던 녹조도 쓰레기도

전부 사라져요

작가의 말

내면을 온전히 정리하지 못하면 다음 것이 오더라도 받아들이기 힘들어요.

청년은 구름을 강물에 계속 흘려보냈다. 맑고 하얀 구름을 그리려 시도했지만, 매번 함께 솟아오르는 두려움은 검붉은 빛깔로 만들기 바빴다. 그럴 때마다 계속해서 강물에 흘렸다. 떠오를 때마다 흘렸다. 하지만 아무리 흘려보내도 여전히 흰 구름은 그려지지 않았다. 성과없는 상상은 더욱 두려움을 만들었다. 그리고 그 두려움은 새롭게 그린 흰 구름과 뒤엉켜 검붉게 되었다. 청년은 악순환이 계속되고 있음을 알아챘다. 계속되는 상상은 영혼을 지치게 했다. 더 무리했다간 또다시 영혼이 잠식될 것 같았다.

"짝!"

다람쥐가 청년의 귀 옆에 손뼉을 쳤다.

"자! 무리하지 말고, 이제 그만하고 눈떠볼까?"

다람쥐의 신호에 청년은 곧바로 눈을 떠 눈앞에 흐르는 강물을 바라보았다. 여전히 아무 일 없다는 듯이 흐르고 있었다.

"지금 마음이 어때?"

다람쥐가 물었다.

"어제보단 덜 힘들지만 그래도 뭔가 해결해야 할 것이 많다는 걸 알았어. 그리고 그 검붉은 구름이 두려움과 공포의 감정과 함께 있다는 것을 알았어."

"그래, 맞아! 하지만 오늘 네가 깨달은 내용은 정말 훌륭했어! 수업 진도를 나아가는 데 있어서 중요한 역할을 할 거야! 강물을 절대 잊지 않도록 해."

"그래. 앞으로 무얼 더 배워야 할지 모르겠지만 정말 그랬으면 좋겠어."

청년은 힘이 빠졌다. 어제처럼 영혼이 소용돌이 속으로 들어가진 않았지만, 두려움들이 끊임없이 올라왔기 때문이다. 그래도 매일 혼자 끙끙 앓던 자신을, 적극적으로 나서서 도와주는 존재가 나타나니 감사했다. 여전히 무어라 말해야 할지 몰랐지만 고맙다는 한마디만이 떠올랐다.

"정말 고마워."

"우리도 고마워."

다람쥐와 하얀 새는 청년의 목을 끌어안았다.

오전 수업이었지만 청년은 그만하고 싶었다. 도대체 끊이지 않는 두려움의 원인이 무엇인지 궁금해졌기 때문이다. 이번만은 누구에게도 간섭받지 않고 혼자만의 시간을 갖고 싶어졌다. 그보다 배가 너무 고픈 것도 있어서 뭐라도 먹어야겠다는 생각이 들었다.

"나 지금 혼자 있게 해줄래?"

episode 13 솟아오르는 두려움

'두려움'을 걷어내면 그곳에 무엇이 있나요?

작가의 말

'두려움'이란 단어는 모든 부정적인 생각과 감정의 근원인 것 같아요.

어제 오늘의 수업으로 지친 몸과 굶주린 배를 달래러, 청년은
공원에서 가까운 시장으로 향했다. 오일장이 열리는 곳이라 맛있
는 냄새가 가득했다. 특히 순대와 삶은 옥수수 냄새가 가장 코를
찔렀다. 그리고 설탕이 가득 묻은 도넛, 갓 구운 김, 옛날 과자,
면이 올챙이 모양 같다고 하여 이름이 붙여진 올챙이국수, 싱싱한
고등어, 화로에 구운 통닭 등이 제각기 맛있는 냄새를 시장 구석
구석 퍼트리고 있었다. 무엇으로 배를 채울까 고민하던 청년은
과일가게 앞을 지나고 있었다.

"자~ 쌉니다, 싸요! 오늘 하루만 특별히 참외 한 봉다리에 삼천
구백 원!"

어느 시장을 가나 자기네가 싸다는 대사는 한결같았다. 그래도
익숙한 대사는 정겹기도 했다. 가게 입구에는 한 봉지에 세 개씩
담긴 참외가 한가득 쌓여 있었다. 크기도 컸지만 샛노란 줄무늬
가 식욕을 자극했다. 마침 시식용으로 잘라놓은 참외가 눈에 들
어왔다. 청년은 이쑤시개를 집어 맛보았다.

97

'와! 이거 진짜 맛있는데?'

혹시나 가게 주인이 사라고 부추길까 봐 애써 입 밖으로 말을 내뱉지 않았는데 그새 표정을 읽어버린 주인이 다가와 말을 걸었다.

"총각! 맛있지? 지금이 제철이야! 가장 맛있을 때라고!"

"아하하~ 네, 맛있네요. 하하."

청년은 난처해졌다. 식사로 참외를 먹기엔 좀 무리가 따르는 듯했다. 하지만 이미 가게 주인은 참외 한 봉지를 집어 청년에게 내밀었다. 난처해진 총각은 어찌 거절해야 하나 망설였다.

"자! 총각! 총각은 키도 크니께 내가 제일 큰 걸루다가 기냥 얹어줄게!"

"아…. 네, 근데 저기…."

총각이 말을 이으려던 찰나에 다른 손님이 찾아왔다.

"아따 진짜 삼천구백 원인겨? 싸구먼!"

손님은 허름한 옷을 걸친 할아버지였다. 워낙에 작은 동네라

하늘을 머금은 유리구슬

내 집 마냥 편하게 해진 옷을 걸치고 다니는 사람이 많았다. 이 손님 또한 그랬다. 스스로가 가격이 싸다고 말하는 모양을 보니 한 봉지 사갈 기세였다. 청년은 분위기를 보고 조용히 뒤로 물러서기로 마음먹었다. 여차하면 조용히 다른 먹거리를 향해 가기 위해서였다. 하지만 할아버지가 슬픈 표정을 짓고 한탄하기 시작하자 그러지 못했다.

"하~ 내가 지금 저 돈이 없어서…"

아주 작게 중얼거리는 소리였지만 청년은 분명히 들을 수 있었다. 아니 느낄 수 있었다. 지금 저 한탄은 아주 오래 묵힌 것이었다. 아마 굉장히 어려운 삶을 살아오신 분이 아니었나 하는 생각이 들었다. 본능적으로 청년은 지금 도와주어야겠다는 생각이 들었다.

'하지만 어떻게 해야 자존심에 상처를 주지 않고 현명하게 도와줄 수 있지?'

청년은 강에서 수업받은 내용이 떠올랐다. 마음속이 복잡해지려던 찰나 잠시 본인 먼저 침착해야겠다는 생각이 들었다. 숨을 천천히 내뱉고 시선은 할아버지를 고정한 채 머릿속에 그림을 그리기 시작했다. 떠오르는 복잡한 생각들을 일단 깨끗하게 강물에 떠내려 보내기 시작했다. 그리고 한걸음 물러서서 할아버지를 바라보았다. 그러자 허름한 바지 뒷주머니가 뒤집혀 밖으로 삐져나와 있는 것이 보였다. 청년은 슬그머니 자기 주머니에서 만 원짜리 한 장을 꺼내 길바닥으로 떨어뜨렸다.

"할아버지 방금 뒷주머니에서 돈 떨어졌어요."

청년은 지폐를 주어 할아버지에게 건넸다. 그리고 할아버지가 무안해 하시지 않도록 잽싸게 가게 주인에게 말을 건넸다. 노인이 어리둥절해 하며 청년을 바라보았다.

"한 봉지 주세요. 점심 먹고 나서 후식으로 먹어야겠어요."

"그려! 자 여기! 가서 맛있게 먹어이~!"

가게 주인이 참외 한 봉지를 건넸다.

"나… 난 두 봉지 주소! 우리 손녀 좀 갖다 주게!"

이번엔 노인이었다.

"으따~! 어르신 손녀 생각하는 마음이 아주 지극하시네그려! 자 받으셔!"

손님이 한 가득 참외를 받았다. 그리고 뒤돌아 가려던 찰나 잠시 발걸음을 멈췄다. 그리고 청년을 향해 고개를 살짝 돌렸다.

"총각, 진심이야. 너무 고마워. 잘 먹을게."

노인은 살짝 고개를 숙여 인사한 뒤 가게를 떠났다. 청년은 말없이 노인을 바라보았다. 한결 풍족해진 발걸음으로 손녀에게 가는 손님의 모습에서 자신의 할아버지가 떠올랐다.

이 사진은 2016년 초가을 서울 어느 시장에서 찍은 사진입니다. 길거리 노점상 강제철거과정에서 점주가 넋이 나간 채 모든 희망을 잃은 것처럼 앉아있었습니다. 과연 삶과 돈은 무슨 관계일까요?

작가의 말
_____
과연 '돈'이란 무엇이기에 이토록 사람들의 마음을 들었다 놓았다 하는 것일까요?

시장에서 적당히 식사를 마친 청년은 동네를 걷기 시작했다. 아까 만난 과일가게 손님이 계속 떠올랐기 때문이다.

'가난.'

그렇다. 그 모습에서 가난이 보였다. 청년의 할아버지도 그러했다는 얘기를 아버지를 통해 들은 적이 있다. 너무나 먹을 것이 없어서 산에 들어가 토끼를 사냥하고 참새를 잡았다고 한다. 또 땅을 파서 칡뿌리를 먹기도 했다는 얘기를 들었다. 너무나 힘들어서였을까, 의지할 곳이 없어서였을까. 언제나 하늘을 올려다보셨다고 한다. 아버지를 통해 듣기를 어떤 내용이었는지는 알 수 없지만 현명한 기도를 올리셨다고 한다.

'도대체 어떤 내용으로 현명하게 기도를 하셨을까?'

그러고 보면 청년 자신도 그런 할아버지를 닮은 것이 아닌가 하는 생각이 들었다.

103

'세상을 원망하고 싶으셨겠지?'

'시대를 원망하고 싶으셨을 거야.'

'한 가닥 희망이 있다면 간절히 붙잡고 싶으셨을 거야.'

청년은 할아버지가 살던 시대를 애써 이해하려고 노력했다. 너무 어린 시절에 돌아가신 분이라 이야기를 직접 들을 수 없었지만, 아버지를 통해 들은 이야기, 머릿속에 있는 역사 지식, 평소 어르신들 입에서 나오는 이야기들을 토대로, 가능한 모든 것을 이해하려 했다.

'할아버지도 지금의 나와 같으셨을까?'

이렇다 할 속 시원한 답이 나오지 않자 고개를 들어 앞으로 걸었다.

동네를 걷던 청년은 어느새 사람들 사는 모습을 관찰하기 시작했다. 어린 시절에 비하면 정말 많은 발전을 한 동네였다. 새로운 아파트 단지가 많이 들어섰다. 애써 관심을 갖지 않아도 한눈에 볼 수 있었다. 새롭게 지어지고 있는 아파트에는 인부들이 열심히 일하고 있었다.

'저분들의 삶은 어떠할까?'

고민한다고 나오는 답은 아니지만 분명 자신은 저와 같은 분들의 삶에 영향을 받았을 것이다. 아침 일찍 나와, 무거운 것을 들고 기계를 조작하고 설계도를 따라 아파트를 지어갈 것이다. 그들이 오랜 시간 피땀 흘리며 건설한 아파트에서는, 많은 사람들이 새롭게 삶을 시작할 것이다. 생각이 그렇게 미치자 인부들의 모습이 너무나 고맙게 느껴졌다.

'난 지금 분명 누군가 피땀 흘려 이룩한 세계를 이어받아 살고 있는 거야.'

청년은 자신이 살고 있는 이 작은 동네가 너무나 크게 느껴졌다. 고귀하게 느껴졌다. 감사하다고 고개 숙여야 할 모습들로 가득했다. 항상 똑같은 곳에서 일하는 아주머니도, 공원을 관리하시는 분도, 길거리에서 맛있는 음식을 파시는 분도, 오토바이를 타며 여기저기 배달하시는 분들 모두가 다 고귀한 삶으로 느껴졌다. 나와 관계된 모든 사람들이, 환경들이, 순간들이 축복으로 다가왔다. 내가 인식하고 있든, 그렇지 않든 언제나 내 삶과 끈으로 이어져있었다. 당연한 것은 아무것도 없었다. 그러한 순간들 속에 나는 어떤 사람일까? 어떠한 모습으로 이 끈들과 연결되어 있을까? 하지만 의외로 답은 간단했다. 나를 만들어주는 수많은 찰나가 있지만 결국 뿌리를 거슬러 올라가면 하나밖에 없었다.

'나는…. 나의 삶은….'

청년은 희번뜩 떠오른 생각을 입 밖으로 꺼내보려 했다.

'할아버지의 삶을 이어받았구나.'

본 사진은 14화의 사진처럼 같은 날, 같은 시장에서 찍은 사진입니다.

삶을 의지할 수 있는 가게가 강제철거 위기에 처하자

끈을 붙잡고 길거리에 드러누워 버렸습니다.

변해가는 시대를 마주한 개인은 삶이 버거워져요.

작가의 말
_____

'나'라는 존재는 역사의 결실체, 시대의 결실체 그리고 조상님들의 결실체인 것 같아요.

그렇게 자신의 정체성을 깨달은 청년은 갑자기 가슴이 쓰라려 옴을 느꼈다.

'아! 갑자기 왜 이러지?'

통증은 이내 검붉은 회오리로 바뀌었다. 다시금 청년의 영혼을 빨아들이기 시작했다. 소용돌이는 가슴속을 이리저리 휘몰아치 더니 점점 부풀어 올라 커졌다. 불안감이 몰려오고 손이 떨리자 잽싸게 공원을 향해 뛰었다.

'제발…. 제발….'

공원에 도착한 청년은 곧바로 하늘이 보이는 정자(亭子)로 향했 다. 정자(亭子) 위로 올라간 청년은 몸을 웅크린 채 누웠다. 오른 손은 두근거리는 심장을 부여잡고 눈을 감았다.

'지금 당장 강물에 흘려보내야 해!'

109

청년은 본능적으로 몸부림쳤다. 자신을 끊임없이 괴롭히는 검붉은 힘들을 해결해야 했다. 머릿속에 재빨리 강물을 그렸다. 그리고 자신을 감싼 구름들을 쓸어버리는 상상을 시작했다. 아주 시원하게, 부드럽게, 웅장하게 흘러가는 강의 모습을 끊임없이 그렸다.

'할 수 있어, 할 수 있어.'

청년은 스스로를 끊임없이 응원했다. 있는 힘을 다해 강물을 그렸다. 하지만 검붉은 구름들을 쓸어내면 또다시 어디선가 솟아올랐다. 그래도 계속 흘러보냈다. 끝이 없어 보였지만 포기할 수도 없었다. 머릿속 다른 곳에서는 혹시나 또 다른 방법이 있지 않을까 고민했다.

'그래, 소용돌이 아래쪽을 확인해봐야겠어!'

청년은 이 검붉은 구름을 만들어내는 원인을 찾아야겠다는 생각이 들었다. 상상 속의 시선을 강물 안쪽으로 보냈다. 그러자 얼굴이 잠겼다. 천천히 청년이 안으로 들어가자 온몸이 잠겼다. 강 속으로 들어간 청년은 팔과 다리를 휘저으며 이리저리 둘러보았다. 그러자 구름들을 뿜어대는 검붉은 뿌리가 보였다. 그것은 땅속에 아주 단단히 박혀있었다.

하늘을 머금은 유리구슬

'저걸 제거해야겠어!'

청년은 머릿속에 곡괭이를 떠올렸다. 그리고 양손으로 잡았다. 그리고 뿌리를 제거하기 위해 힘껏 내리쳤다. 하지만 쉽사리 뽑히지 않았다. 다시 여러 차례 시도했지만, 여전히 뽑히지 않은 채 굳건히 자리 잡고 버티고 있었다.

'도대체 왜…? 무엇 때문에 날 괴롭히는 거지?'

청년은 여러 차례 곡괭이질을 해댔다. 하지만 마냥 때리기만 한다고 뽑히는 문제는 아니었다. 지친 청년은 뿌리를 붙잡고 흐느꼈다.

"흐흐흑… 제발… 제발 그만 날 괴롭히라고!"

청년이 소리를 질렀다. 그와 동시에 뿌리 속에서 무언가가 들렸다.

'흐흐흑… 제발… 이 고통으로부터…'

매우 지치고, 슬프게 흐느끼는 목소리였다. 잠시 호흡이 가늘게 떨리더니 크게 각오한 듯 힘차게 목소리를 냈다.

"하늘이시여, 이 모든 아픔을 받아들이겠습니다. 끌어안겠습니다. 제가… 제가 빛이 되겠습니다!"

청년은 흠칫 놀랐다. 순간 잘못 들은 건가 싶기도 했지만 '하늘'이란 단어가 강하게 가슴을 후벼 팠다. 아까 시장에서 보던 노인이 떠올랐다. 돈이 없어 참외를 살 수 없었던 노인은 할아버지를 생각나게 했다.

'우리 할아버지는 너무 먹을 것이 없어서 하늘을 향해 기도하셨다고… 아!'

그랬다. 그를 괴롭히는 검붉은 뿌리는 할아버지의 고통이었다.

'아아, 이럴 수가…흐흑…'

청년에게 커다란 슬픔이 몰려왔다. 어떻게 시대의 아픔이 시대를 건너 나에게 남아있단 말인가. 그저 흐느낄 수밖에 없었다. 허탈할 뿐이었다. 어찌해야 할지 망설이는 것도 잠시, 마음을 울리던 할아버지의 다짐처럼 청년도 자신이 해결할 수 있으면 해결해야겠다고 생각했다. 그러고는 곡괭이를 재차 들었다. 그와 동시에 드디어 범인을 찾았다는 듯 외쳤다.

"이건! 할아버지의 고통스러운 삶이야!"

청년이 외치며 내리치자 뿌리가 쑥 뽑혔다. 그동안 가슴을 아프게 했던 가시가 빠져나왔다. 그리고 강물과 함께 떠내려갔다.

하늘을 머금은 유리구슬

답답함도 함께 뽑혀나갔다. 뿌리가 뽑혀나간 자리가 아려왔다. 아마 회복하는 데 시간이 좀 걸릴 것 같다는 생각이 들었다.

"아아… 아… 하."

청년은 신음을 토해냈다. 어제와 오늘 아침에 이어 또다시 온몸에 힘이 빠졌다. 이젠 지칠 대로 지쳤다. 집으로 돌아가 푹 쉬어야겠다고 생각했다. 하지만 당장에 몸을 움직일 수 없었다. 가슴 한구석이 아물 때까지 쉬어야 할 것 같았다.

한편 청년이 있는 곳 근처 나무 위에서 하얀 새와 다람쥐가 이 광경을 지켜보고 있었다. 청년이 잠들려 하자, 재빨리 공원 이리저리 다니며 매미며 청설모들 그리고 새들에게 잠시만 아무 소리 말고 조용히 해달라고 부탁했다. 그리고 금세 공원은 조용해졌다. 바람만이 솔솔 불어와 나뭇가지를 흔들 뿐이었다. 하얀 새가 조용히 다람쥐를 보며 말했다. 희망이 될지도 모른다고.

겨울을 잘 이겨낸 후에야 비로소 이파리가 돋아나요.

작가의 말
현재의 '나'를 이해한다는 것은 자신의 뿌리를 이해하는 것 같아요. 그러고 나서야 온
전히 앞으로 나아갈 수 있는 것 같아요.

중천에 떠있던 태양은 기울어 노을을 만들더니 이내 산 뒤로 넘어갔다. 밤이 된 것이다. 별들이 빛나기 시작했다. 반짝반짝한 별들 사이에는 보름달이 떠 있다. 아주 샛노랗게 밝게 빛나고 있다. 아름다운 달빛은 공원을 비춰 가로등과 조화를 이루었다. 공원 구석구석까지 빛이 미치지 않는 곳이 없었다.

청년은 잠에서 깨었다. 피로가 많이 사라짐을 느꼈지만, 여전히 더 쉬어야겠다는 느낌을 강하게 받았다. 머리가 좀 띵-한 느낌이 있지만, 바닥을 짚고 일어나 정자(亭子)의 계단을 밟으며 내려갔다.

'터벅, 터벅.'

몇 시인지 모를 어두운 밤, 공원은 청년의 발소리만이 뚜렷했다. 꼬르륵 하고 뱃속에서 소리가 났다. 청년은 허기진 배를 달래고 싶어졌다. 집으로 돌아가 따뜻한 물에 몸을 담그고도 싶어졌다.

"오늘 넌 우리가 가르쳐주지 않은 수업을 혼자 잘해냈어. 정말 고마워."

어느샌가 하얀 새가 청년의 어깨 위로 날아와 말했다.

"넌 정말 특별해! 우리가 기대했던 것 그 이상이야!"

"그래, 아직 머릿속이 정리가 잘…. 어쨌든 나로서도 고마워. 일단 오늘은 집으로 돌아갈게."

청년은 공원 아래로 향하는 길을 따라 내려갔다. 아래쪽에 다다르자 작은 공연장이 나타났다. 작은 규모의 공연을 할 수 있게끔 부채모양처럼 퍼진 광장이었는데, 밤에 잘 보이도록 주홍색 가로등이 비추고 있었다. 게다가 달빛과 어우러져 몽환적인 분위기를 자아냈다.

청년은 어제오늘 있었던 일을 정리할 필요가 있었다. 그래서 광장을 감싸고 있는 다섯 개의 가로등 사이사이에 화면을 띄우는 상상을 했다.

네 가지 화면이 눈앞에 펼쳐졌다.

첫 번째 화면에는 청년이 하늘을 보고 돌아가려던 찰나 다람쥐와 하얀 새를 만난 장면이 그려졌다.

두 번째 화면에는 지친 청년을 위해 공원의 모든 동물들이 간

호하는 모습이 그려졌다.

　세 번째 화면에는 소나기로 불어난 강가에서 눈을 감고 수업받는 장면이 그려졌다.

　마지막 화면에는 청년이 흐르는 강 속으로 들어가 검은 뿌리를 곡괭이로 내려치는 장면이 그려졌다.

　믿을 수 없는 많은 순간들이 지나갔지만 고작 어제오늘 일어난 일이다. 청년은 자신의 시선 중앙으로 네 개의 화면을 한 곳으로 모았다. 물론 그의 상상으로 이루어지는 행동이다. 그러자 하얗게 빛이 났다. 청년은 양손으로 빛 덩어리들을 눈 뭉치듯 뭉쳤다. 동그래진 빛이 양손 안에 모두 담겼다. 청년은 그대로 하늘을 향해 뿌렸다. 꽃잎을 흩날리듯 그렇게 하늘을 향해 뿌렸다. 별빛과 함께 아주 잘 어울렸다.

　'은하수를 만드는 상상을 할걸 그랬나… 하하.'

　청년은 멋쩍은 웃음을 지으며 호흡을 편히 가라앉혔다. 숨을 내뱉고 살포시 눈을 감았다 뜨니 빛 가루는 온데간데없이 사라지고 없었다. 대신 정자(亭子)가 눈에 들어왔다. 그 위로 보름달이 함께 떠 있었다. 아래쪽에서 올려다보니 마치 왕궁처럼 보였다.

'옛날 사람들이 이 광경을 봤다면 시를 짓기 딱 좋은 그림이라고 생각했을 거야.'

청년은 시선을 계속 위로 고정했다. 밝은 달빛 덕분에 주위의 구름들도 보였다. 구름들은 밤에도 유유히 평화롭게 흐르고 있었다. 그러다 어느 한 구름 조각이 달과 정자(亭子) 사이를 비집고 들어갔다. 서서히 들어간 조각은 무엇인가 그리더니 이내 움직이지 않고 멈췄다.

'어라? 손으로 떠받들고 있는 것 같잖아?'

구름은 마치 사람의 손인 양 달을 받치고 있었다. 손목부터 손가락 끝까지. 마치 그릇처럼 구부정하게 가운데가 움푹 파인 형태는 더욱 그럴듯했다. 마치 달을 귀한 보석을 다루는 듯했다. 신기했다.

'지금 나한테 무슨 말을 해주고 있는 건가?'

한참을 바라보던 청년은 구름이 다시 움직이기 시작하는 것을 보자 그대로 시선을 돌려 집으로 향했다. 고귀해 보인 그 모습 그대로를 기억에 남기고 싶었기 때문이다. 커다란 위로였다. 집으로 돌아가는 길, 청년의 마음속은 기쁨과 기대감으로 가득 찼다.

하늘을 머금은 유리구슬

기억이 없습니다

하늘이 장차 어떤 사람에게 큰 임무를 내릴 때, 반드시 먼저 그들의 마음과 뜻을 괴롭히고, 그들의 힘줄과 뼈를 수고스럽게 하며, 그들의 몸과 살결을 굶주리게 하고, 그들의 몸을 곤궁하게 하여 행함이 그들이 행하고자 하는 것과 어긋나게 한다. 그것은 마음을 분발시키고 본성을 참게 하여 일찍이 그동이 할 수 없었던 것을 더 많이 할 수 있게 해 주기 위해서이다. 해설) 선가 낮에 힘써 일하고 밤에 어렵게 학문을 하기에 지치고 힘들다 하더라도를 포기한다면 앞으로 해낼 수 있는 업무는 점차 줄어들 수밖에 없습니다. 주중에 생업을 충실히 하고 주말에 자기개발에 힘써야 만이 보다 훌륭을 해나갈 수 있습니다

어느 날 열어 본, 휴대폰 사진첩 속에 있던 사진 한 장.
묘한 느낌이 들어 조사해보니 '맹자'의 글이었어요.

작가의 말

물아일체(物我一體) - 자연물과 자아가 하나가 된다. 자연을 통해 내면이 감응하면 너무나 신기하게 느껴져요.

다음날 아침 해가 동쪽에서 떠오르기 시작하자, 공원의 나무들 아래 그늘이 나타나기 시작했다. 태양이 서서히 높아짐에 따라 나무 그림자는 아주 조금씩 짧아져 갔고, 남쪽으로 옮겨감에 따라 그림자 방향도 바뀌었다. 청설모들도 일어나 분주히 움직이기 시작했다. 한 청설모는 솔방울을 입에 문 채 이리저리 다녔다. 장난감인지 먹이인지 알 수가 없다. 또 다른 청설모는 이 나무 저 나무를 원숭이 재주부리듯 뛰어다녔다. 그 덕분인지 뒷다리의 근육은 애써 보지 않아도 쉽사리 알아볼 수 있었다. 튼튼하고 건강했다. 언덕 위 정자(亭子) 앞에는 해바라기가 잔뜩 피었다. 하늘을 바라보기 좋은 장소를 어찌 알고 자리를 잡았는지 모두가 나란히 태양을 바라보고 있다. 그 이파리 위로 내려앉은 이슬이 더욱 강한 생명력을 불어넣고 있다.

바람이 휘익~ 하고 한번 불자 붙어있던 이슬이 날아갔다. 그 이슬은 공원 입구에 막 다다른 청년의 손등 위로 떨어졌다.

"참 깨끗하다."

청년은 이슬의 맑고 투명한 모습이 좋았다. 왜인지 스스로도 잘 몰라 하면서도 좋았다. 손가락으로 몇 번 문지르니 물기가 번졌다. 그러자 바람을 더 잘 느낄 수 있었다. 그리곤 이내 날아가 버렸다. 청년은 재차 발걸음을 내딛었다. 하늘과 그들이 있는 정자(亭子)를 향해.

"안녕! 어젠 잘 잤니?"

다람쥐가 심심했는지 잣으로 탑을 쌓고 있었다. 청년을 보자 반가워 먼저 인사를 건넸다.

"응. 아주 기분 좋게 잘 잤어!"

"자! 내가 오늘 새벽에 이슬들을 모아놨어!"

다람쥐는 지난밤에 사용했던 나뭇잎 컵에 이슬을 담아 건넸다. 컵을 받아든 청년은 컵을 좌우로 흔들어 물이 출렁이는 모습을 보았다. 이내 잔잔해지자 자신의 얼굴이 보였다. 묘했다. 그리고 들이켰다. 기분 탓인지 아주 부드럽게 목구멍을 타고 넘어갔다.

"하! 시원하네!"

감탄사가 마치 아저씨 같았다. 청년은 어린 시절 어른들의 과도

한 감탄 반응을 이해하지 못했다. 하지만 어느새 본인 모습으로 되어 있었다.

"자, 오늘도 수업을 해야죠, 스승님들?"

청년이 스승님들을 바라보며 눈을 말똥말똥하게 굴렸다. 다람쥐가 청년의 눈을 가만히 바라보니 전에 없던 생기가 가득했고 자신감에 넘쳐있었다. 한층 더 건강해 보이고 강해 보였다. 오늘은 기필코 성공할 수 있을 것 같았다.

"자! 그럼 시작해볼까?"

어느새 하얀 새가 청년의 어깨 위로 날아와 앉았다.

"자! 하늘을 한번 바라보고!"

수업이 시작되었다. 흐르는 강을 보고 기억하듯, 똑같이 하늘을 보고 기억하도록 하얀 새는 이끌었다. 첫날 수업과 같은 내용을 진행하려는 것이었다. 청년은 언제나처럼 자연스럽게 하늘을 올려다보았다. 그리고 하얀 새가 일러준 대로 눈을 감고 마음속에 하늘을 그렸다.

"와! 이젠 아주 선명하게 하늘이 잘 그려지고 있어! 검붉은 구름들도 소용돌이도 없어!"

청년의 마음속에 그려진 하늘은 아주 명확했다. 하얀 구름들
도 아주 멋들어지게 그려졌다. 간혹 몇몇 구름들이 응어리가 되
어 자기 멋대로 색이 변하려 했다. 하지만 수업 중인 지금 평온한
마음이어서인지 금세 하얗게 만들 수 있었다. 애써 강물을 흘려
낼 필요가 없었다.

"훌륭해! 이제 다음 단계로 나아갈 수 있어!"

"다음 단계는 뭐야?

하얀 새는 청년의 물음에 선뜻 답하지 못했다. 쉬우면서도 어
려운 대답. 어떻게 말해야 잘 받아들일 수 있을까 고민했다.

"다음 단계는⋯."

"다음 단계는⋯?"

하얀 새가 눈을 찡긋 웃으며 고개를 옆으로 까닥했다. 그렇게
잠시 뜸을 들이더니 말을 이었다.

"넌 뭐라고 생각하니?"

"… 뭐라고? 하하하하하."

청년은 하얀 새의 농담에 어떻게 받아쳐야 할지 몰라 웃음을 터트렸다. 그도 그럴 것이 본인 스스로는 왜 이런 수업을 하고 있는지 생각해본 적이 없었다. 그저 갑자기 나타나서는 눈을 감고 하늘을 그려 보라질 않나, 강에 데려가더니 검붉은 구름들을 흘려보내라고 하질 않나, 청년은 이유도 묻지 않고 그저 따르기만 했다.

"그러네. 왜 하는지도 모르고 하고 있었네."

청년은 잠시 고민하더니 말을 이었다.

"그래도 너희들 덕분에 내 마음 안에 박혀있던 답답함이 빠져나갔어. 몇몇 응어리들이 보이긴 하지만 말이야. 항상 이유도 잘 모르고 답답해했는데, 이젠 좀 힘내서 앞으로 나아갈 수 있을 것 같아!"

청년은 진심을 다해 고마움을 전했다. 그리고 곰곰이 생각했다. 다음 수업내용이 무엇일지를.

"다음 수업은… 아마 태양에 관한 것이 아닐까?"

127

"그래, 맞아!"

하얀 새가 양 날개를 박수 치듯 펄럭이며 답했다. 이젠 그가 스스로 찾아갈 수 있게끔 인도해주어야겠다고 생각했다. 어제와 그제가 안내자였다면 이젠 나침반이 되어주어야 할 차례라는 생각이 들었다.

"하지만 그 전에 구름에 관한 것부터 알아볼까?"

"그래, 참 궁금한 게 많아, 처음엔 잘 안 그러지더니 오히려 색깔이 변했어. 그리고 날 괴롭혔어."

"그 구름은 어떠했는데?"

"그 검붉은 구름은…"

청년은 말을 잠시 끊고 숨을 차분히 내려놓았다. 그리고 하늘을 올려다보았다.

"세상에 처음 발을 내디디고 나서부터 서서히 생기기 시작했어. 내가 어린 시절 꿈꿨던 어른들의 세계와는 전혀 다른 모습으로… 너무나 아프고 슬픈 모습들이 많았거든…"

하늘을 머금은 유리구슬

청년의 진지한 어조에 다람쥐와 하얀 새가 같이 하늘을 올려다보았다. 그리고 경청의 자세를 취했다. 그가 말하고자 하는 마음 속 깊은 이야기를 더욱 편하게 꺼내도록 도와주어야 했다. 그래야 이 청년을 한 단계 더 이끌어 올려줄 수 있기 때문이었다.

"서로를 향한 욕설, 술에 취해 가누지 못하는 몸, 아무런 윤리적인 잣대 없이 살아가는 삶들…."

청년의 머릿속엔 수많은 장면들이 스쳐갔다.

"쓰레기로 가득 찬 골목길이나, 어둡고 좁은 구석진 곳에서 사람들이 뿜어대는 담배 연기 속에는 한탄과 좌절만이 있을 뿐이었어."

청년은 떠올리는 과거의 아픔에 묻히고 싶지 않아, 눈을 감지 않고 계속 하늘을 바라보았다.

"그렇게 세상은 담배 연기와 같은 생각과 감정들로 가득했어. 해롭고 해로웠지. 날리고 날린 연기는 어느새 내 안으로 들어와 나를 괴롭혔고… 쌓이고 쌓인 연기는 이내 응어리가 되어서 내 마음 여기저기로 흩어졌어."

"응어리…."

129

조용히 듣고 있던 다람쥐가 한 단어를 집어내 되뇌었다.

"그래, 응어리… 아!"

청년은 이제야 왜 이 스승님들이 구름에 대해 이야기해보자고
했는지 깨달았다. 할아버지의 고통스러운 삶을 뽑아냈음에도 간
혹 마음속에 색깔이 변하던 구름이 있었다. 하지만 금세 강물에
흘려보낼 수 있기에 크게 신경쓰지 않았다.

"그 응어리가 다른 사람의 고통스러운 모습들이었구나. 그게
내 안으로 들어와 괴롭히고 있었구나."

"그래 맞아. 너의 할아버지도 너와 같이 세상의 아픔을 느끼시
는 분이셨어. 게다가 가난한 삶이라는 너무나 힘든 고통과 함께
하셨던 분이었지. 안타깝게도 할아버지는 마음의 검붉은 응어리
를 해결하시지 못하고 돌아가셨어."

하얀 새가 알려주었다.

"그런데 넌 할아버지의 고통스러운 삶을 뽑아버렸고 이젠 너를
괴롭히는 응어리까지 풀어버릴 수 있게 되었어. 앞으로는 검붉은
소용돌이에 휘말릴 일이 없을 거야. 혹여나 앞으로 또 나타나더
라도 분명히 잘 이겨낼 수 있을 거야! 넌 아주 모범생이니까!"

하얀 새의 칭찬에 청년은 안도의 숨을 내쉬었다. 알게 모르게 답답했던 응어리의 정체마저 알아버리자 너무나 마음이 가벼워졌기 때문이다. 신기하고 감사했다.

이젠 자신을 괴롭히는 생각과 감정들이 생겨날 때, 심지어 내 것도 아닌 다른 사람의 검붉은 응어리가 들어와 뭉쳤을 땐, 그마저도 흘려보내면 그만이었다. 이젠 어떤 내면의 고통이 와도 강물에 흘려보낼 자신이 생겼다.

쉽지 않지만 명상하고 호흡하고 마음을 다스릴수록,

내가 무엇을 해야 하는지 알아가는 것 같아요.

작가의 말

떠도는 수많은 의식세계가 내 안에 들어와도, 결국 내가 아님을 알 때 더 자유로워져요.

해는 어느새 고개를 들어야 볼 수 있을 만큼 높게 떠올랐다. 공원의 모든 그림자는 짧아졌고 그늘도 많이 사라졌다. 나무 바로 아래 정도만이 편히 쉴 수 있는 그늘을 제공했다. 하루 중에 가장 높게 떠오른 높이만큼이나 햇살도 아주 강렬했다. 그런 햇살에 힘입은 매미들이 우렁차게 소리를 울려댔다.

"멤멤멤멤메~ 메음~."

보름 정도의 지상 생활, 그들의 짝을 찾고 후손을 번식시키려는 욕망은 우렁참을 넘어 시끄럽기까지 했다. 공원 어디에서든 어느 나무에서든 들을 수 있었다. 그래서인지 그들의 정열적인 구애 덕분에 뜨거운 여름을 실감할 수 있었다.

"이제 본격적으로 태양을 알아보자!"

다람쥐가 옆에서 거들었다. 가장 어려우면서도 가장 쉬운 과목이었다. 청년은 그가 잘 찾아낼 수 있을지 걱정스러우면서도 지금까지의 과정을 지켜본 입장에서 더욱 기대되었다.

"태양…"

청년은 잠시 떠오르는 생각을 정리하느라 입을 다물었다. 언젠가 바닷가로 여행을 가서 일출을 본 일이 떠올랐기 때문이다. 그리고 자연스럽게 이야기를 꺼냈다.

"언젠가 하늘을 보는 것만으로도 답답해서 바다를 보러 간 적이 있었어. 동쪽 바다로. 이곳에서는 석양이 아주 잘 보이지만 떠오르는 해를 보기엔 그다지 좋은 곳이 아니기 때문이었지."

청년이 이번엔 하늘이 아닌 스승님들을 바라보며 이야기를 시작했다.

"그날은 겨울에서 봄으로 넘어가는 계절이었는데, 꽃이 피는 걸 시샘한 겨울바람이 세차게 불던 날이었어. 해가 뜨기 전에 일어나 두꺼운 외투를 걸치고 모자를 쓰며 숙소에서 나왔지."

그는 지난 여행의 기억을 하나하나 더듬으며 떠올렸다.

"해가 뜨기 삼십 분 전에는 이미 하늘은 노을로 물들어 있었어. 새벽의 어둠이 걷힐 때라 청색과 보라색 빛 하늘이 옅어지고 있었지. 시간이 다가올수록 노란색과 주황색이 점점 나타나더군."

"하늘 전문가가 여기 계시네. 히히."

마냥 듣고만 있기엔 분위기가 축 늘어졌는지 다람쥐가 농담으로 받아쳤다.

"하하, 그러네. 이참에 하늘 박사가 돼볼까? 하하."

그의 농담을 멋쩍게 받아친 청년은 계속해서 하늘 이야기를 이어갔다.

"역시 새벽의 동쪽 하늘은 해가 뜨기 전까지 샛별이 주인인 양 빛나고 있었어! 다른 별들이 희미하게 사라져 갈 때 혼자서 힘차게 빛나더군. 그리고 태양이 머리를 살짝 내밀어서야 사라졌어."

"별 박사가 되어보는 것도 괜찮을 것 같아!"

다람쥐가 한마디 더 던졌다. 아주 기분 좋은 칭찬이었다. 청년은 늘 홀로 하늘을 보았지만, 주변에서는 그다지 관심을 갖지 않아 심정을 공유할 수 없었다. 하지만 이 스승님들은 지금 친구처럼 옆에서 이야기를 들어주고 있다. 더 이야기하다 보면 굳이 정답을 찾지 않아도, 자연스레 태양에 관한 답이 나올 것 같았다. 여기 오신 스승님들이 그렇게 자기를 인도해 주고 있구나, 하는 것을 청년은 느꼈다.

137

"그래그래, 그것도 멋진 꿈이 될 수 있을 것 같아."

"자, 그래서 해가 떠오르기 시작한 다음은?"

이번엔 다람쥐가 농담으로 말을 끊지 않고 이야기를 진행하도록 거들었다.

"해가 떠오르는 순간은 참 묘하게 신기했어. 음, 뭐랄까. 붉은 탁구공이 올라오는 것 같았어."

청년은 어떻게 묘사를 할까 머릿속이 복잡했다.

"그래, 탁구공. 정말 동그랬어. 붉게 불타오르는 듯하면서도, 사방으로 퍼지는 빛이 없었어. 그 자체로 빛나고 있었어."

그는 처음 일출을 보던 날의 감동을 실어 전했다. 언제나 이른 아침에 공원을 찾아도, 태양이 저 높이 산 위로 올라와야 볼 수 있었다. 당연히 붉게 타오르는 모습은 볼 수 없었고, 저녁이 되어 땅거미가 질 무렵이라야 탁구공을 바라볼 뿐이었다.

"석양을 바라볼 때는 그래도 꽤 긴 시간으로 변해가는 하늘을 볼 수 있는데, 아침 노을은 그렇지 않더라고. 태양이 보이기 시작하고 나면 정말 아주 잠깐, 아주 잠깐만 신기해. 어느 정도 하늘 위로 솟구치면 감동이 사라져."

"배가 고파져서 그런 게 아닐까?"

또다시 다람쥐가 농담을 던졌다.

"그런가? 하하하."

139

사진 초보자라면 모두 저와 같은 그림으로 '탁구공'을 담아내시겠죠!

어려운 빛의 예술!

작가의 말

매일 떠오르는 '탁구공'을 먼 여행지에서 보면 너무나 신기해요. 늘 같은 태양인데 말이죠.

다람쥐의 농담에 한바탕 모두 웃고 나자 이야기의 흐름이 끊어졌다. 다람쥐는 재빠르게 다음 이야기를 더 꺼낼 수 있도록 도와주어야겠다고 생각했다.

"또 다른 경험도 있니? 매일 공원에서 보는 노을이 아닌 다른 곳에서?"

"물론 있지!"

청년은 동쪽 바다에서의 추억을 접어 가슴 한구석에 집어넣고 또 다른 추억을 꺼냈다.

"가슴이 너무너무 답답해서 무조건 멀리 가고 싶었어. 오랜 시간 버스를 타고 달린 곳은 남쪽 바다였지. 그때가 연말이었던지라 한 해를 잘 마무리할 겸, 복잡하고 답답한 생각도 잘 정리할 겸, 하는 마음으로 떠났어."

"연말이면 많이 추웠겠다."

143

이번엔 하얀 새가 물었다.

"응. 역시 바닷가여서 그런지 바람이 세차게 불더라고. 그래도 정리하고 싶었어. 생각을."

청년은 그날에 보았던 하늘의 모습을 떠올렸다. 갯벌이 있는 곳이었는데 썰물이라 물은 다 빠져나가고 없었다. 질퍽질퍽한 펄에는 들어갈 수가 없어서 작게 펼쳐져있는 모래 해변에서 해가 지기를 기다리고 있었었다.

"그런데 말이지, 이놈의 구름들이 도와주질 않았어."

"무슨 일이 있었던 거야?"

"조금 일찍 도착해서 천천히 감상하려고 했었지. 그런데 누군가 일부로 그래놓은 것처럼 해가 내려가는 길목에만 구름 기둥이 세워져 있었던 거야."

"아이고야~"

하얀 새가 안타까움을 내뱉었다.

"참 기분이 묘했어. 마치 누군가 포기하지 말라고 하는 느낌이었다고 할까?"

"무엇을?"

하얀 새가 다시 물었다.

"글쎄, 그건 나도 아직 잘 모르겠어. 그런데 그날 그렇게 느낀 감정은 아직도 그렇게 남아있어. 석양은 보지 못한 채 집으로 돌아왔지만 말이야. 혹시나 구름이 걷히지 않을까 싶어서 끝까지 기다렸지만, 간간이 구름 사이사이에 탁구공이 보일 뿐 끝까지 모습을 보여주지 않더군."

"아~ 그랬구나. 그래도 탁구공은 그 자리에서 꾸준히 바다로 내려가고 있었을 거야. 그렇지?"

하얀 새가 지금이다 싶은 생각에 대사를 던졌다.

"그래, 맞아. 아무리 구름이 태양을 가려도 태양은 그 자리에서 묵묵히 빛나고 있어."

청년은 대사를 이어받아 고즈넉히 되뇌었다. 그러자 내면에서 출렁이는 무엇인가를 느꼈다. 마음이 요동침을 느낀 청년은 조용히 눈을 감고 자신의 가슴속을 관찰하기 시작했다. 빛이 보였다.

안개가 껴도 구름이 있어도

태양은 묵묵히 그 자리에서 빛을 내고 있어요! 보이지 않을 뿐!

작가의 말

누군가에게는 그저 "에잇! 재수 없어"라고 넘어갈 수 있는 상황이, 나에게는 남다르게
와 닿는 것들이 있었나요?

그 빛은 태양이었다. 늘 바라보던 하늘과 스승님들의 수업으로 그리던 하늘에서 보이는 태양이었다. 하얀 구름들이 바람에 따라 이리저리 다녔다. 때론 태양을 가리기도 하였다. 그러다 시간이 지나면 언제 그랬냐는 듯이 태양을 내보였다. 좀 더 쉽게 말하자면 태양은 제자리인데 구름이 옮겨갔다. 그랬다. 변한 것은 구름뿐이었다.

'그래, 맞아. 변하는 건 바람에 날리는 구름뿐이야. 태양은 늘 똑같은 곳에서 하루를 시작하고 똑같은 곳에서 하루를 마감하지. 변하지 않아.'

청년은 이제야 왜 그들이 자신을 이곳까지 끌고 왔는지 이해가 되기 시작했다. 아마 변하지 않고 빛나는 마음을 알려주고 싶어서일 것이다.

"그랬구나. 나에게 이걸 알려주고 싶었구나."

하얀 새와 다람쥐가 서로 눈을 마주치며 웃었다. '혹시나' 했던 기대가 '역시나'로 바뀌는 순간이었다.

"그랬구나. 태양을 가리는 구름들은 전부 허상이었구나. 늘 변하고 바람에 흩날렸구나. 내가 보았던 세상의 아픔들도 사실은 그런 허상들 속에서 헤매는 모습이었구나. 그런 검붉은 허상들 때문에… 진짜 변하지 않는 태양을 보기 힘들었던 것뿐이구나…. 그랬구나…."

어느새 청년의 마음속은 검붉은 소용돌이도 응어리도 찌꺼기들도 모두 사라지고 없었다. 오직 파란 하늘과 밝게 빛나는 태양만이 남았다. 너무나 마음이 가벼워져 더 이상 아무 생각도 들지 않았다. 오히려 허상 속에 고민할 필요가 없음을 느꼈다.

내면이 텅텅 빈 모습으로 아주 깨끗해지자 청년의 몸도 나른해졌다. 그러자 다리에 힘이 풀려 주저앉더니 이내 대자로 뻗었다. 생애 처음 느껴보는 기분이었다. 마치 갓난아기 시절 부모님 품에 안겨 있는 것 같았다. 몸과 마음이 모두 편안했다. 심장 소리만이 조용히 두근거렸다. 매미는 끊임없이 울어댔고 살랑살랑 불어오는 바람은 나뭇가지와 해바라기들을 흔들었다. 무척이나 평화로웠다.

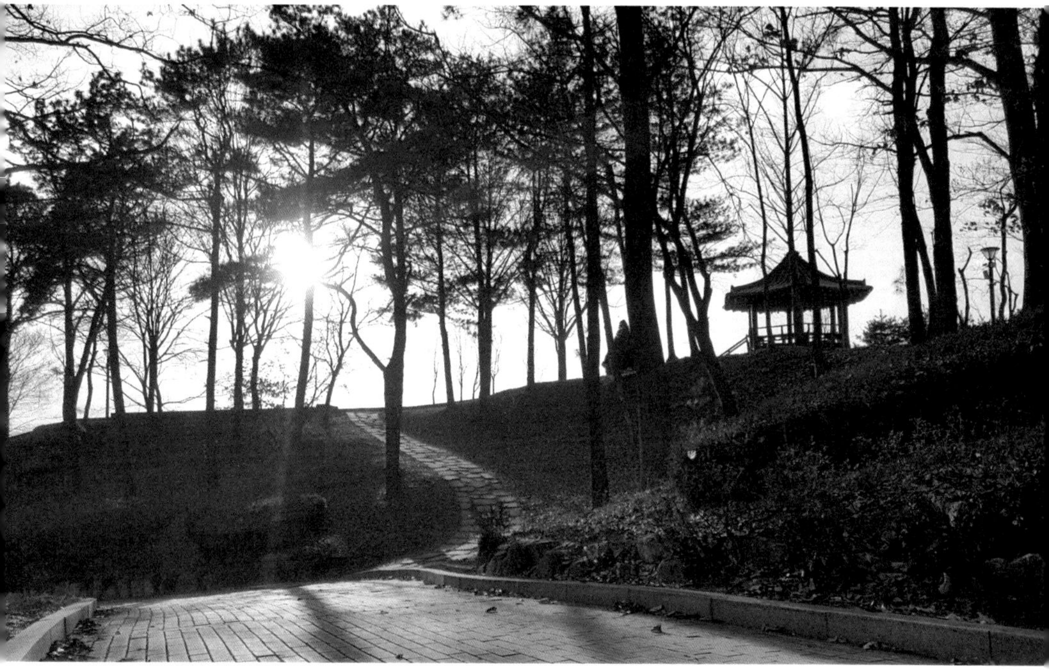

그들이 대화를 나누고 있는 장소입니다.

작가의 말

'빛'이라는 단어는 모든 긍정적인 단어를 함축하고 있는 것 같아요.

청년이 온몸으로 평화를 느끼고 있는데, 한동안 말이 없던 스승님들이 그를 일깨웠다.

"아~ 조금만 더 느끼고 싶은데…"

"넌 이제 언제든지 느낄 수 있어, 하지만 아직 더 배워야 할 내용이 많으니, 지금은 조금 더 힘내볼까? 목마르다면 한잔 마시고 시작할까?"

하얀 새가 재촉했다.

"그럼 물 한잔 부탁드립니다."

청년이 고개를 숙여 정중히 부탁했다. 이를 지켜보던 다람쥐가 묵묵히 나뭇잎을 가져와 다시 컵을 만들었다. 그리고 청년에게 건넸다. 청년이 양손으로 컵을 받친 채 머리 위로 올렸다.

"자! 물 받을 준비 됐어!"

그러자 하얀 새가 하늘로 올라가 구름을 모아 물을 내려보냈다. 그의 눈엔 컵 안에서 일렁이는 물이 신기했다. 일렁이는 물속에 청년의 얼굴이 비쳤다. 여전히 묘하게 느껴졌다. 그 뒤로 태양도 보였다. 거울처럼 맑았다. 잠시 묵묵히 바라보던 청년은 한입에 물을 들이켰다.

"자! 다음은 무엇을 배울 차례입니까, 스승님들?"

청년이 다람쥐를 바라보며 물었다. 그러자 하늘에서 하얀 새가 날아와 다람쥐 옆에 앉았다.

"다음은 너의 마음속 빛과 대화를 가져보는 거야. 언제나 홀로 하늘을 보고 이야기했던 것처럼."

청년은 반신반의한 표정으로 하얀 새를 바라보았다. 하늘을 그리고 물을 흘려보내는 내용이야 상상 속에서 이루면 될 일이었지만 이번은 조금 다른 것 같았다. 묵묵히 제자리에서 빛내는 태양과 무슨 얘기를 하라는 것인가?

"지금 우리와도 대화하고 있잖아!"

하얀 새가 청년의 표정을 읽자마자 한마디 거들었다.

하늘을 머금은 유리구슬

"하긴, 지금 이 상황도 말이 안 되긴 하지."

청년은 새의 한마디에 바로 의심스러운 생각을 흘려보냈다.

"자자! 이번엔 하늘을 보면서 해보자."

하얀 새가 재촉했다. 청년은 고개를 돌려 하늘을 향했다. 어느새 중천에 떠있던 태양은, 고개를 들지 않아도 보일 정도로 내려와 희미한 노을을 만들기 시작했다. 양팔을 벌리고 잠시 내면에 집중하자 빛 덩어리가 느껴졌다. 그것을 가리는 구름은 전혀 느껴지지 않았다.

'무슨 말을 해야 하지?'

막상 대화를 시도하려니 무슨 말부터 꺼내야 할지 몰랐다. 호칭도 무엇이라고 불러야 할지도 어려웠다. 그러다 인사라도 해봐야 하는가 하는 생각에 한마디 툭 던지기로 했다.

"안녕?"

어색했다. 이 빛 덩어리를 무어라 불러야 할지 몰라 인사말만 건넸지만 왠지 창피했다. 그래도 청년은 혹시나 무슨 소리라도 들릴까 귀를 귀울였다. 하지만 아무런 소리도 들리지 않자 조금

실망감이 들었다. 얼마 전 들렸던 우렁찬 목소리와 같은 소리가 들렸으면 싶었다. 편안한 친구 같은 느낌보단 조금은 어렵게 느껴지길 바랐다. 그래야 반대로 더욱 편할 것 같았다.

"아무 소리도 들리지 않는데?"

"난 너한테 어떤 목소리가 들릴 것이라고 말한 적이 없어!"

"뭐라고?"

"다시 한 번 내면에 잘 집중하고 '대화'를 시도해봐!"

청년은 이게 지금 무슨 소린가 싶었지만 재차 시도해보기로 했다. 다시 눈을 감고 이번엔 보다 더 자신 있는 목소리로 불러 보기로 했다.

"안녕! 넌 누구지?"

질문에 응답이라도 하듯 빛 덩어리가 움직여 힘을 발산했다. 순간적으로 힘을 느낀 청년은 본능적으로 눈을 떠 하늘을 바라보았다. 여전히 노을이 아름답게 지고 있었다. 어렴풋이나마 구형을 볼 수 있었던 태양은 어느새 선명하게 탁구공을 보이기 시작했다. 사방에서 구름들은 변해가는 스케치북에 그림을 그리고 있었다. 파랗던 하늘은 주홍빛을 띠기 시작했다.

"하늘? 하늘이라고 답해준 건가?"

청년은 순간적인 직감이라 무어라 스스로 확신해야 할지 어려웠다. 그래도 느낌만이 강렬히 남아있어 마치 누군가 정답이라고 불러준 마냥 기억이 각인되었다.

"그래서 나에게 자꾸 하늘을 그리는 방법을 알려준 거야?"

그는 요 근래 삼 일 동안 일어난 일을 떠올리며 하얀 새에게 물었다.

"나에게 묻지 말고!"

하얀 새가 엄한 어조로 답했다. 그 모습을 옆에서 지켜보던 다람쥐는 그저 흐뭇하게 바라만 볼 뿐이었다. 고귀한 순간이었다. 그러다 이 순간을 더 느끼고 싶어 청년의 가슴팍에 매달렸다. 그리고 얼굴을 파묻은 채 그의 내면을 느끼기 시작했다. 빛은 아주 강렬히 타오르고 있었고 다음 질문을 기다리고 있었다.

"넌 언제나 그 자리에서 변하지 않고 빛나고 있었지? 그렇지?"

청년이 수업에서 깨달은 내용을 질문했다. 이번엔 아무런 반응이 없었다. 그저 가만히 빛을 발하고 있을 뿐이었다. 당연한 걸 왜 묻느냐는 듯한 '느낌'이 들었다.

"그럼 넌 정체가 뭐니? 왜 그 안에서 혼자 묵묵히 빛을 내고 있는 거니?"

이번엔 청년의 가슴팍에 안겨있던 다람쥐가 자기 차례라고 생각했다. 하얀 새와 같이 이구동성으로 외쳤던 그 말을 그에게 전해야겠다고 생각했다. 어느새 혼자 공원에서 하늘을 올려보며 속마음을 털어놓는 모습, 때론 아무 말 없이 땅바닥에 누워 바람에 흔들리는 나뭇가지 소리에 귀 기울이는 모습, 누군가 술판으로 더럽혀 놓은 정자(亭子)를 혼자서 깨끗이 청소하는 모습, 그리고 그 속에서 평화를 찾고자 하는 모습이 무엇인지를.

"그 빛은 선(善)한 마음이야."

"…?"

갑작스러운 다람쥐의 대답에 청년의 머릿속이 물음표로 가득 찼다.

"더 쉽게 말하자면, 바르고자 하는 마음이야. 수많은 삶의 모습에서 올 곧고자 하는 모습!"

그랬다. 청년은 세상에 발을 내딛었을 때 수많은 삶의 모습들을 보았다. 하지만 너무나 다양한 모습이라 혼란스러워지기 시작했다. 자연스러운 모습도 있는 반면 부자연스러운 모습도 있었다. 단지 '다름'의 문제가 아닌 '옳고 그름'에 대한 고민이 시작되었었다. 막연하게 가지고 있던 고민이었지만 어느새 검붉은 구름들과 소용돌이 속에 묻히고 말았다. 하지만 이곳에서 스승님들을 만나 하늘을 마주하고 내면에 빛나는 태양을 바라보니 본인이 지금껏 무얼 고민하고 찾았는지 속 시원히 알게 되었다.

"그래, 맞아! 맞아 그거라고!"

청년은 기쁨에 가득 차 외쳤다. 누군가 콕 집어 자신의 마음을 고귀하게 이야기해준 것이 너무나 감동에 벅찼다. 더욱이 선(善)한 마음이라니. 자신이 여태껏 추구했던 가치를 한마디로 정의할 수 있구나 하는 생각에 신이 났다. 덩달아 내면의 태양도 이리저리 춤췄다. 하늘에 떠있는 탁구공도 구름을 이리저리 흔들며 덩실덩실 춤추었다. 그리고 청년은 터져 나오는 감동의 눈물을 주체하지 못하고 무릎을 꿇었다.

아침에 세수할 때 거울 속에 비친 자신의 모습을 바라보며

있는 그대로 포용해주세요.

작가의 말

빛을 이야기하면 흔히들 어둠과 함께 말합니다. 마치 반대 개념인 것처럼요. 하지만
어둠은 '빛의 부재' 상태임을 알게 될 때 세상을 이해하는 생각이 달라져요.

그렇게 한참 눈물을 흘리고 나서 진정되었을 때 공원은 땅거미로 가득했다. 이미 태양은 산 뒤로 넘어가 별들이 반짝일 자리를 마련했다. 개밥바라기별은 진작 나타나 밝게 빛을 내고 있었다. 금방 다른 별들에게 자리를 내줄 터이기에 열심히 제 할 일을 했다.

"이제 좀 진정이 되니?"

다람쥐의 물음에 청년은 흐느껴 대답하지 못하고 고개를 끄덕였다. 그리고 몸을 일으켜 어두워 잘 보이지 않는 하늘 쪽을 바라보았다. 정자(亭子)를 비추는 하얀 조명이 더욱 시야를 가렸다.

"이제 끝이 보이는구나. 마지막 수업만이 남아있어."

하얀 새가 차분히 말을 건넸다.

"사흘 동안이었지만 지금까지 아주 잘 따라와 줘서 고마워. 진심이야."

그러곤 청년에게 고개를 숙여 인사했다.

"나도 고마워. 이곳을 깨끗하게 청소해줘서. 관리인이 오기까진 시간이 늘 걸렸거든. 그리고 사흘 동안 수업을 지켜보는 내내 감동이었어! 진심이야! 다시 한 번 고마워!"

이번엔 다람쥐가 고개 숙여 인사를 했다. 그러자 청년이 당황스러워하며 손을 가로저었다.

"아냐, 왜 그래 영영 못 볼 것처럼. 나야말로 너희들에게 고마워. 정말 오랜 시간 동안 고민하고 고민했어. 어느 곳에도 도움을 청할 수 없었어. 그런데 이렇게 기적처럼 나타나 줘서 정말 고마워! 나야말로 진심이야!"

청년도 고개를 숙여 인사를 건넸다. 서로가 서로에게 고마움을 전하자 개밥바라기별이 힘차게 빛났다. 넓고 넓은 하늘의 수많은 별들 중에 가장 빛났다. 이제 청년에게 필요한 건 마지막 수업이었다.

"자, 이제 눈을 감고 다시 내면의 빛을 떠올려보자."

하얀 새의 지시에 청년은 그대로 따랐다. 하지만 빛이 많이 약해져있었다. 대신 은은하게 번지고 있었다. 그리고 투명한 유리구슬이 보였다. 아주 맑고 깨끗해서 무엇이든 비칠 것 같았다. 하늘 도화지에 올려놓으면 그대로 물들었다. 노을 도화지를 그리면 또 그대로 물들었다. 은은해진 빛이지만 그래도 사방으로 퍼지는 것보다 오히려 더욱 편하고 좋았다.

빛, 빛 덩어리, 내면의 태양, 선(善)한 마음, 어느 것 하나 호칭하기 애매했는데, 이제 더욱 편하게 부를 이름이 떠올랐다.

"유리구슬! 그래 앞으로 이 빛나는 태양을 유리구슬이라고 부르자!"

"좋아! 좋아! 주인은 너니까!"

"자! 이제 어떻게 하면 되겠습니까? 스승님들?"

"이젠 우리가 가르칠 것이 없어. 앞으로 너의 진짜 스승님은 그 유리구슬이 될 거야!"

아주 기분 좋은 말이었다. 그와 동시에 이별을 직감했다. 쓸쓸함이 밀려왔다.

"그 유리구슬이 언제나 빛나도록 잘 닦아주고, 빛이 어디로 흐르는지 항상 잘 보렴!"

곧바로 청년은 하얀 새가 말한 대로 유리구슬을 이리저리 쓰다듬었다. 그러고 있자니 왠지 소원을 들어줄 사람이 나타날 것만 같았다. 빛이 움직이기 시작했다. 흘러간 빛은 정자(亭子)에서 조금 떨어진 곳으로 길을 안내했다. 그 길은 다람쥐와 하얀 새를 처음 만난 곳이었는데 그 길을 따라 몇 걸음 더 가니 조명이 비추지 않는 곳이었다. 어두컴컴하니 도리어 하늘이 잘 보였다.

"여긴 내가 항상 하늘을 보러 왔다가 강한 햇빛에 못 이길 때 쉬러 오는 곳이야. 나무가 우거져있고 편히 쉴 수 있는 의자도 있어."

청년은 빛이 안내한 곳으로 당도했다. 그러자 시선이 자연스럽게 공원 아래에 놓인 마을로 향했다. 어두워진 밤이라 오색찬란한 조명들로 가득했다. 하얀빛, 빨간빛, 초록빛, 파란빛, 분홍빛. 화려했지만 전혀 조화롭지 못했다. 제멋대로였다. 차들이 다니는 소리는 엔진 소리로 시끄러웠고, 서로가 잘못했다며 경적을 울려댔다. 길거리엔 술에 취해 비틀거리는 사람들이 보였다. 감정이 격해져 서로를 비난하는 모습들도 눈에 들어왔다. 삶의 방향을 잡지 못한 청소년들은 아무도 보지 못할 것이라고 생각하는 곳에 쭈그리고 앉아 담배를 물었다.

"내가 유리구슬을 찾았다고 해도 저 세상을 보는 마음이 변하진 않아."

청년에게서 기쁜 마음이 뒤로 물러섰다. 그리고 슬프고 아픈 마음이 올라왔다.

"오히려 더 아프고 슬퍼졌어. 이 유리구슬을 만나고 나서."

유리구슬의 빛이 청년의 슬픔 감정에 따라 잠시 차분해졌다. 그의 마음과 하나가 된 것 같았다.

"이 넓은 세상을 아직 잘 모르지만 분명한 건…."

하얀 새가 청년의 눈을 응시했다. 힘을 불어 넣어주어야겠다고 생각했다. 슬프고 아픈 마음을 그만 정리하고, 앞으로 힘차게 나아갈 수 있도록 도와주어야겠다는 생각이 들어서였다. 그리고 진지한 어조로 입을 열었다.

"분명한 건 여기 공원에 있는 나무들, 새들, 청설모들, 고양이들 그리고 저 드넓은 하늘과 커다란 해, 반짝이는 별들까지 전부 너와 같은 사람을 필요로 한다는 거야!"

"나와 같은 사람이면, 유리구슬을 발견한 사람을 말하는 거야? 어째서지?"

청년도 하얀 새를 바라보며 물었다.

167

"우리들 모두 조화를 이루고 싶어해. 서로 도와주며 살고 싶고, 서로 사랑하면서 살고 싶어해. 하지만 이 푸른 지구상에 사람들은 그러하지 못해. 많이 안타깝지."

하얀 새의 목소리는 울음을 참는 듯한 말투였다. 청년이 그러했던 것처럼 아픔과 슬픔이 묻어나는 어조였다. 그의 할아버지가 어떠한 사람인지 알고 있었던 것을 보아하니, 청년보다 더 많은 슬픔과 고통을 보아왔던 것이 분명하다는 생각이 들었다.

"그래도 무슨 이유인지 세상이 꼭 절망적이지만은 않아."

하얀 새가 다시 희망적인 어조로 바꾸며 말을 이었다. 그리고 그에게 꼭 도와달라는 눈빛을 실어 보냈다.

"다시 너의 유리구슬 빛이 어디로 흐르고 있는지 바라봐 주지 않을래?"

청년은 하얀 새의 눈망울에서 간절함이 흐르고 있음을 느꼈다. 도와달라는 눈빛을 유리구슬이 알아챘다. 본인만이 힘들고 슬픈 일은 아니었다. 하늘을 나는 새도 땅을 기는 다람쥐도 하늘의 태양과 구름도 땅의 나무와 풀들도 모두 슬프고 힘들어하고 있었다.

"내가 무얼 해야 하는지는 잘 모르겠지만 일단 들여다보도록 할게."

하늘을 머금은 유리구슬

청년은 공원 아래로 시선을 돌렸다. 그리고 내면에 집중해 유리구슬을 바라보았다. 차분해 있던 빛이 다시 일어나기 시작했다. 서서히 퍼진 빛은 청년의 몸 밖으로 나와 온몸을 감싸기 시작했다. 몸통과 팔다리를 거쳐 손가락, 발가락 끝까지 뒤덮었다. 그리고 마지막으로 그의 목과 턱, 입, 코, 눈을 거쳐 정수리까지 모두 감쌌다. 이젠 유리구슬만이 아닌 청년의 온몸이 하얗게 빛나고 있었다.

"지금 저 아래 사람들에게서 검붉은 구름들이 보여! 저 사람들도 힘들어 하고 있어!"

"그래, 맞아. 제각기 다른 이유들이지만 분명히 힘들어 하고 있어! 하지만 내가 말했지? 분명 꼭 절망적이지만은 않다고."

과연 하얀 새의 말대로였다. 각자가 품은 검붉은 구름들 사이에서는 그들의 유리구슬이 빛나고 있었다. 선(善)한 마음이 빛을 발하고 있었다. 그 구슬의 빛은 최선을 다해 방향을 알려주고 있었다. 보다 올바르게, 보다 현명하게 삶의 주인이 되도록 말이다. 꼭 제자리에서 변함없이 열심히 사람들을 도와주고 있었다. 안타까움과 희망이 공존하는 묘한 상황이었다.

"우린 널 만나기 전에 많은 사람들을 도와주고 있었다고 말했지? 바로 그들이 유리구슬을 바라볼 수 있게 도와주었던 거야."

묵묵히 지켜만 보던 다람쥐가 거들었다. 그리고 청년의 몸을 감싼 빛을 자신에게도 묻히고 있었다. 포근한 빛이 좋았다. 그리고 눈 뭉치듯 양손으로 빛을 뭉쳐 하얀 새에게도 던졌다. 빛 덩어리에 맞은 하얀 새도 이내 하얗게 빛이 났다. 공원 어두운 곳에서 세 덩어리의 빛이 났다.

"이제 앞으로 어떻게 해야 할지 알겠니? 그들을 도와줘야 해!"

포용하려는 유리구슬이 느껴지시나요?

작가의 말

빛은 퍼지는 성질이 있죠.

"내가 잘할 수 있을까?"

"어떤 꿈을 가지고 살아가든 어떤 진로로 나아가든 그건 너의 선택이야. 하지만 그 길 위에서 누구를 만나든, 유리구슬을 바라보지 못해 어려워하는 사람이 있다면 꼭! 도와줬으면 좋겠어!"

하얀 새가 청년의 앞으로 날았다. 그리고 날개를 계속 펄럭이며 말을 이었다. 빛을 발하는 날개 짓이 눈부시게 아름다웠다. 곧 떠나려는 듯한 예감은 틀리지 않았다.

"이제 우리들은 다른 사람들을 도와주러 가야 해! 넌 우리보다 더 큰 스승님을 만났으니 앞으로 잘 헤쳐나갈 수 있을 거야!"

이어서 다람쥐가 청년의 어깨에서 뛰어 하얀 새의 등 뒤에 올라탔다. 그리고 양손으로 새의 목덜미를 끌어안은 채 청년을 바라보았다. 두 덩어리의 빛이 하나가 되어 더욱 커졌다.

"이 사흘 동안 우린 너무나 큰 희망을 얻었어. 설마 유리구슬을 찾아낸 사람이 나타나는 날이 올 줄은 정말 상상도 못 했어!"

다람쥐가 기쁨에 겨워하며 미소를 지었다.

"난 그저 바르게 살고 싶었을 뿐인데, 너무 비행기 태우지는 마."

청년이 쑥스러워했다. 막상 헤어지려니 짧은 시간 동안 너무나 큰 도움을 받은 것이 고마웠다. 또 이렇다 할 답례를 하지 못한 것을 생각하니 미안했다.

"혹시 우리가 다시 만날 수 있을까?"

"그럼! 물론이지! 우린 모두 같은 하늘 아래에 있잖아!"

한 덩어리의 빛이 된 스승님들이 이구동성으로 외쳤다. 서로가 서로를 바라보며 씨익 웃었다. 눈가에 촉촉이 맺힌 눈물들만이 서로에게 고마움을 전할 뿐이었다.

청년이 손을 내밀었다.

"자! 이제 떠나야 할 시간이라면 내가 멋지게 하늘로 날려줄게!"

펄럭거리는 빛이 손바닥에 내려앉았다. 그리고 부리를 손바닥에 맞추었다. 하얀 새의 목덜미를 잡고 있던 다람쥐도 내려와 손바닥에 입을 맞춘 뒤 다시 올라탔다. 그리고 둘은 말없이 몸을 돌려 세상을 향했다.

"자! 하나, 둘, 셋 하면 날아가는 거야!"

청년의 신호에 빛을 단 날개가 비행준비를 마쳤다.

"꼭 다른 사람들도 유리구슬을 볼 수 있도록 안내할게!"

청년이 목이 메어와 잠시 주춤했다. 그는 눈을 감고 숨을 편안히 내려놓았다. 그리고 재차 숨을 들이쉬며 눈을 떠 외쳤다.

"고마웠어! 하나, 둘, 셋!"

외침과 동시에 손바닥이 하늘 위로 향했다. 힘을 받은 날개 빛은 세상을 향해 하강 비행을 시작했다. 그리고 마을을 한 바퀴 크게 빙~ 돌았다. 빛이 흐르는 자리에 별 가루가 뿌려지는 듯했다.

"검붉은 구름들이 흐트러지고 있어!"

청년은 놀라운 광경이 펼쳐지는 것을 보자, 눈에 담아 잊지 않으려 했다. 그들이 다니는 구석구석마다 검붉은 구름들이 이리저리 흩날렸다. 그 사이로 빛나는 유리구슬들은 무엇인가 알아챘는지 너도나도 동요했다. 하지만 갈피를 잡지 못한 채 다시 수그러들기 일쑤였다.

"그래도 포기하지 않고 이곳저곳 도와주고 있어!"

그렇게 한동안 세상을 선회한 뒤 날개 빛은 하늘 위로 향했다. 점점 더 높게 솟은 빛은 개밥바라기별과 함께 빛나더니 이내 모습을 감추었다. 그들이 사라진 자리에는 곧바로 다른 별들이 나타나 빛을 발하기 시작했다.

하늘을 머금은 유리구슬

공원에서 내려다본 동네입니다. 사람은 관계 속에, 사회 속에서
살아가는 존재이기에 보다 더 다른 이들을 위할 수 있어야 해요.

작가의 말

내가 남보다 먼저 받은 삶의 축복이 있다면 나누어주세요. 마음의 구름들을 걷어내면
모든 것들이 축복입니다.

다음날 새벽 일찍 청년은 다시 공원을 찾았다. 졸린 기색 하나 없는 가벼운 발걸음이었다. 그곳은 여전히 변함없는 평화만이 자리를 지키고 있었다. 밤사이 잠깐 내린 소나기는 청년이 더욱 깊이 잠들도록 자장가를 들려주었다. 이 모든 것이 전부 꿈이었다는 듯이, 그렇게 잠깐 세차게 몰고 간 비는 공원을 안개로 가득 메웠다. 이슬이 아닌 빗방울이 나뭇잎에 붙어 또르르 미끄러졌다.

"이곳의 평화는 늘 변함없이 한결같네."

청년은 안개로 가려진 하늘로 몸을 돌려 눈을 감았다. 있는 그대로의 고요함을 가슴에 담고 싶었다. 유리구슬도 고요히 빛나고 있었다. 동쪽에 해가 밝아 올라오기 시작했다. 유리구슬도 서서히 하루를 시작하려는 듯 기지개를 켜기 시작했다. 빛이 이리저리 구슬을 휘감으며 체조를 했다. 청년도 유리구슬을 따라 온몸을 쫙 펴고 기지개를 켰다.

나뭇잎에서 또 한 방울의 빗방울이 떨어졌다. 떨어진 빗방울은 나무줄기에 붙어있는 어느 곤충의 머리 위로 떨어졌다.

"! 맴~맴~맴~맴~메에~."

화들짝 놀란 매미가 느린 템포로 울기 시작했다. 마치 갓난아이가 칭얼대는 듯했다. 조금씩 천천히 엇박자로 울던 울음은 이내 우렁차게 알맞은 템포로 공원을 울렸다. 공원 반대편에서는 이에 응답하든 다른 매미 소리가 울음을 터트렸다. 잠깐 서로 주거니 받거니 하더니 이내 공원 곳곳에서 그들의 짝을 찾는 울음소리가 퍼졌다.

청년은 공원 그대로의 소리도 가슴에 담으려 했다. 고민을 떠안고 찾게 된 장소이지만 생각해보면 알게 모르게 모든 순간에 함께 있어준 존재들이었다. 감사함을 표하고 싶었다. 평생 잊지 않도록 잘 귓속에 소리를 담는 것이 그들에게 예의를 갖추는 것이라 생각했다.

"잠깐, 그런데 뭔가 아직 한 가지가 부족한 것 같은데?"

그 부름에 응답하듯 참새들도 지저귀기 시작했다.

"짹~짹, 삐악삐악~."

얼핏 들으면 병아리 소리 같기도 했다. 매미나 참새나 모두 아기 같았다. 순수하다면 순수했고, 깨끗하다면 깨끗했다. 무엇보

하늘을 머금은 유리구슬

다 당연한 소리지만 자연스러웠다. 청년은 본인 스스로도 농담이 웃긴지 혼자 피식거렸다.

"자연보고 자연스럽다니, 하하."

서서히 높아져가는 태양은 안개도 함께 하늘 위로 올렸다. 먼지가 씻겨간 공기는 더욱 맑았고 하늘을 더욱 파랗게 비췄다. 가을이 다가옴을 느낄 수 있었다.

"음~하."

청년이 아주 깊게 숨을 들이 쉰 후 천천히 내뱉었다. 한결 가벼워진 마음이 너무 좋았다. 그리고 고개를 들어 하늘을 바라보았다.

"누구신지 모르지만 제 고민을 아주 멋지게 들어주셨네요."

구름이 별다른 변함없이 유유히 떠있었다.

"앞으로 어떤 삶을 마주할지 모르지만 분명한 건 유리구슬이 잘 안내해줄 것 같아요."

바람이 불어 공원의 나뭇잎을 모두 흔들었다. 솨~ 솨~ 소리가 귓가에 맴돌았다. 부드러운 빗소리 같았다. 청년은 이 소리 또한

episode 25 하늘이 바라보고 있는 곳

잘 기억해야겠다고 다짐했다.

"전혀 생각지도 못했는데…."

청년이 잠시 주춤했다. 자신이 이곳에서 고민을 해결해 달라는 내용들이 떠올랐기 때문이다. 하지만 이내 다시 숨을 고르고 입을 열었다.

"제가 하늘을 올려다보면, 하늘은 절 내려다보고 있네요."

공원 입구에서 유치원 아이들이 걸어 들어오기 시작했다.

"아니, 저뿐만 아니라 이곳 공원도, 그리고 세상도 바라보고 있었네요."

선생님의 인도에 따라 들어온 아이들이 구호에 맞춰 청년이 있는 곳으로 발걸음을 두드렸다.

"오늘도 빛나는 태양과 파란 하늘을 볼 수 있게 해주서서 감사해요!"

청년은 이제 꼬마 아이들을 위해 이 자리를 비켜줘야겠다고 생각했다. 그동안은 인적이 드문 곳이라 자신만의 공간처럼 느껴졌지만, 이젠 다른 사람에게도 멋진 공간이 되었으면 하는 바람이 생겼다. 열댓 명의 발걸음 소리가 점점 가까워왔다.

"그럼 오늘 하루를 출발하겠습니다!"

반듯한 차렷 자세로 청년은 고개를 숙여 예를 갖췄다. 그리고 몸을 돌려 아이들이 오는 반대 방향으로 공원을 내려가려 했다. 시내가 내려다보이는 방향이었다.

"앗!"

발걸음을 두세 걸음 떼자 마자 청년은 놀라 두 눈을 크게 떴다. 공원을 내려가는 길목에 어젯밤에 헤어진 스승님들이 보였다. 다람쥐가 새의 부리를 쓰다듬고 있었다. 처음 만났던 그 모습처럼. 하지만 새는 하얀 새가 아니었다. 다람쥐와 같은 갈색이었다. 게다가 아무런 움직임도 없었다.

터벅, 터벅.

무언가 이상한 낌새를 챈 청년이 조금 더 앞으로 다가갔다. 한 걸음 한 걸음 천천히 다가갈 때마다 그들의 모양이 이상하게 변했다. 이윽고 그들 앞에 다다랐을 때 청년은 피식 웃었다.

"뭐야, 그냥 나뭇잎이잖아."

한여름인데도 불구하고 썩어문드러졌는지, 색 바랜 두 나뭇잎이 서로 겹쳐 스승님들의 모습을 하고 있었다. 청년은 우연한 이 상황이 신기했다. 그리고 다시 몇 걸음 뒤로 물러나 바라보았다. 여전히 처음 그들을 본 모습 그대로 다람쥐가 새의 부리를 쓰다듬고 있었다.

"절대 잊지 않을게요."

청년은 잠시 나뭇잎을 응시하며 세세한 모양 하나하나까지 눈에 넣으려 노력했다. 다람쥐의 꼬리부터 머리, 양손을 쫙 폈으면서도 한 손으로는 새의 부리를 쓰다듬는 모습을. 또 새의 날개가 살짝 치켜 올라간 모습과 다정하게 친근함을 나누는 스승님들의 모습들까지 하나하나 기억하려 했다. 청년의 뒤에서 아이들의 목소리가 들렸다. 하늘 아래에 도착한 것이다.

"자! 친구들 여기 모두 함께 나란히 서봐요!"

아이들을 인솔해 온 두 명의 선생님들이 하늘을 배경으로 아이들을 세웠다. 모두가 하나같이 햇병아리마냥 노란 옷으로 깔맞췄다. 새롭게 돋아나는 새싹마냥 순수함을 발산하는 아이들은 평화로운 공원에 생기를 더했다.

"하나 둘 셋 하면! 하늘로 '높이' 뛰는 거예요!"

폴라로이드 카메라를 든 선생님이 '높이'를 강조했다. 일제히 아이들이 '네' 라고 우렁차게 답하자 선생님은 큰 소리로 신호를 외쳤다.

"하나 둘 셋! 찰칵!"

신호에 따라 아이들은 하늘로 폴짝 뛰어올랐다. '찰칵' 소리에 찍힌 아이들의 모습은 곧바로 카메라를 타고 흘러나왔다. 인화지에서 서서히 보이는 아이들의 모습은 희망으로 가득 찬 모습이었다. 활기차고 생동감이 넘쳐흘렀다. 사진을 보고 흐뭇하게 바라보는 선생님들의 마음이, 곧 자기와 같은 마음일 것이라고 청년은 생각했다.

'언젠가 저 아이들이 어른이 되어 세상에 발을 내디딜 때, 항상 제자리에서 빛내주고 있는 유리구슬이 있다는 것을 알아채길.'

진심을 다해 아이들을 대하는 선생님들과 순수함으로 꽉 찬 아이들을 바라본 청년은 저절로 고마움이 느껴졌다. 그리고 하늘을 살짝 올려다보고는 몸을 돌려 공원을 내려갔다.

하늘은 여전히 평화로웠고, 구름들은 제멋대로 그림을 그리고 있었다. 한층 더 짙어진 파란색은 가을이 다가옴을 느끼게 했다. 구애하는 매미울음소리는 점점 사그라져갔다. 그리고 그 공백을 메꾸듯 조금씩, 조금씩 귀뚜라미 소리가 들리기 시작했다.

청년을 흠칫 놀라게 한 그것! 언제나처럼 공원에서

하늘을 보던 날 스승님들을 만났어요!

작가의 말

유치원에서 아이들이 뛰어노는 모습을 보면 뭐가 그렇게 즐거운지 모르겠습니다. 단지 그
냥 뛰고만 있는데 말이죠. 서로 쫓고 쫓기는 놀이를 보고 있자면 괜스레 입꼬리가 쭉 올
라갑니다. 그런 아이들을 통해 배우는 것은 사랑이 삶을 살아가는 데 있어서 더 낮추
고, 단순해질 때, 사소한 것에 감사할 때, 오히려 빛이 더 퍼진다는 것입니다.

밤하늘은 어느새 반짝이는 별들로 가득했다. 영화의 시작을 알리던 개밥바라기별은 사라지고 없었다. 평화롭고 평화로운 밤 하늘 아래에는 노인이 손녀를 여전히 끌어 앉고 있었다. 할아버지가 들려준 이야기가 지루했는지 어느새 손녀는 새근새근 잠들어있었다.

"어허, 이 녀석. 허허."

자신의 청년 시절 이야기를 마친 노인은 손녀의 등을 토닥이며 몸을 좌우로 살짝살짝 흔들었다.

"이 할아버지는 멋진 스승님들을 만나서 주어진 삶을 아름답게 살아갈 수 있었어요."

노인이 손녀가 깨지 않을 정도로 아주 작은 목소리로 계속 말을 이었다. 얼굴에는 주름이 가득했고 머리카락은 백발이 되었다. 하지만 단지 표현의 문제일까. 오랜 세월 동안 마주한 유리구슬이라도, 단지 선(善)한 마음이라고 하기엔 무언가 아쉬움이 가득

189

했다. 그래도 스승님께 배운 내용을 이 손녀에게도 꼭 마지막까지 전부 전해주고 싶었다.

"그 유리구슬은 뭐랄까, 음~ 굉장히 엄한 무서운 호랑이 스승님 같았어요. 잘못된 행동을 할 때는 가차 없이 아니라고 알려주었어요. 아주 호되게 혼난 기분으로 마음을 불편하게 했었지요. 반드시 바르게 행동을 고치고 나서야 마음이 편해지더군요. 내가 삶의 올바른 주인으로 살아가게끔 안내해 주었어요. 한 걸음, 한 걸음씩 주인이 되어갈 때마다 내가 무얼 해야 하는지 알 수 있었어요. 서로 도와주어야 하고 서로 사랑해야 돼요. 진심을 다해 자신이 가진 것을 나누어 줄 수 있어야 했어요. 그래야 내가 발전하고 내가 마주한 사람도 발전해 나갈 수 있어요. 그렇게 빛나는 유리구슬, 그 유리구슬은…:"

노인은 자신의 모든 삶을 돌아보며 자신이 보고 느낀 것들을 더욱 더 많이 전해주려 했다.

"때때론 너무 포근해서 안기고 싶었어요. 내 마음에서 빛나고 있지만 내가 한없이 작아져 안기고 싶어요. 마치 추운 겨울날 뜨뜻한 온돌방 안에서 이불을 덮고 있는 기분이랄까요. 너무 좋고 좋아서 이불 밖으로 나가기 싫은 그런 기분 말이에요. 그렇게 이 할아버지가 작고 작아질 때면 꼭 내가 아기가 된 것 같아요. 꼭 어머니 품 안에 안긴 기분이에요."

하늘을 머금은 유리구슬

노인은 본인이 지금 하는 말이 너무 어려운가 싶었다. 어떻게 하면 좀 더 쉽게 전해 줄 수 있을까, 어떻게 하면 이 아이가 늘 유리구슬을 바라볼 수 있을까. 노인은 자신의 유리구슬에 집중했다. 여전히 따뜻하게, 은은하게 빛을 발하고 있었다. 그리곤 생각나는 대로 다시 말을 이었다.

"그 유리구슬은 내가 더 낫기를, 내가 더 올바르길, 내가 더 앞으로 나아가길 바라는 마음이었어요."

그때였다.

"아버지! 진지 드세요! 어디 계세요!"

공원 입구에서 아들 내외가 노인을 찾는 소리가 울려 퍼졌다. 저녁을 먹기에도 조금 늦은 시간이 되어서인지 부르는 목소리에서 배고픔이 느껴졌다.

"마치 내가 저 아이한테서 느끼는 마음이었지. 어찌나 내 뜻대로 잘 안 되던지. 여러 가지로 고생이 많았지만 말이다. 부모로서 느끼는 심정은 그래요. 아!"

노인은 본인이 말한 말에 본인이 놀라 입을 다물지 못했다.

191

"부모의 심정! 아! 그거였구나! 그런 거였구나."

아들 내외가 노인을 찾아 밤하늘 아래로 왔다. 그리고 아들이 손녀를 거들어 품에 안았다.

"녀석이 너를 닮아 한번 잠들면 깨질 않는구나, 하하."

"에이, 저만 닮았겠어요? 하하! 유리구슬 얘기가 재미없었나 봐요? 하하하!"

아들 내외에게도 귀가 닳도록 유리구슬 이야기를 했던지라 쉽게 농담이 나왔다. 노인은 아들 내외와 손녀딸이 함께 하늘 아래 있는 이 순간이 빛으로 가득 참을 느꼈다. 이 또한 삶의 축복이라 느껴졌다. 왠지 모를 고마움에 한없이 고개가 숙여지려 했다. 노인의 눈에서 눈물이 그렁그렁거렸다.

"아버님, 오늘 저녁 아버님 좋아하시는 된장찌개 차려놨는데 벌써 다 식었겠어요! 얼른 가서 같이 드셔요! 더 식기 전에!"

며느리가 배고픈 배를 움켜쥔 채 시아버지를 재촉했다.

"그래! 가자꾸나!"

하늘을 머금은 유리구슬

며느리가 노인의 팔짱을 끼고 공원 아래로 인도했다. 수많은 생각으로 가득 찬 노인은 묵묵히 따라갔다. 그리고 잠시 발걸음을 멈춰 공원을 비추는 밤하늘을 올려다보았다. 보름달이 유난히 크게 보였다. 서서히 떠다니던 구름은 곧 양손으로 달을 떠받든 모양을 만들었다.

　"와! 아버님 저기 보름달을 누가 건네주고 있는 것 같아요. 양손으로 떠받치고 있네요!"

　노인의 입가엔 미소가 한가득했다. 감탄을 연발한 노인은 며느리를 바라보았다. 그리고 곧바로 고개를 돌려 아들과 손녀를 바라보았다. 그리고 방금 자신이 느낀 감정을 전해주려 진지하게 입을 열었다.

　"부모의 심정이었어! 그 유리구슬은!"

　노인이 아들의 눈을 바라보며 말했다.

　"네, 네. 진작 알고 있었어요, 아버지. 하하."

아들은 새삼스럽다는 듯이 가볍게 받아쳤다.

　"그렇게 진심으로 저희를 대해주시니깐 저희가 이렇게 훌륭하

193

게 자랐잖아요! 덕분에 여기 멋진 아내도 만났고, 아버진 며느리도 딸처럼 대해주시니까 이렇게 멋진 엄마 되었잖아요! 다 아버지 작품이신데요, 뭐! 설마 그 유리구슬이 지금까지 뭐라고 생각하셨어요? 하하 청출어람이란 말 이럴 때 쓰는 건가요? 하하."

아들이 크게 웃으며 분위기가 진지하게 흘러가지 않도록 유도했다. 무거워지면 괜히 어색해질까 봐서였다. 며느리의 얼굴에도 웃음이 가득했다.

"다음 청출어람 하실 분은 여기 계시네요! 하하."

며느리가 양 손바닥으로 자신의 딸을 가리켰다. 삼대가 크게 한바탕 웃었다.

"자! 가자 밥 먹으러!"

삼대가 공원을 빠져나간 하늘 위에선 보름달이 지켜보고 있다. 양 손바닥을 그리던 구름들은 이내 장난거리가 생각난 듯 보름달 위를 기기 시작했다. 그러더니 양 눈썹과 눈을 그리고 입을 아주 크게 그렸다. 함박웃음을 짓는 보름달이 완성되었다. 웃음을 한가득 머금은 보름달이 공원 구석구석을 은은하게 비췄다.

어느 날 문득 돌아본 내 모습 속에 부모님의 시대가,

부모님의 역사가, 부모님의 모습이 보여요.

작가의 말

삶을 고귀하게 만들어주는 것은 결국 '사랑'이란 단어로 연결되는 것일까요? 내가 중심
이 된 사랑은 무자비하고 규칙이 없어요. 혼란만 야기할 뿐이에요. 하지만 상대를 위
하는 마음으로 출발한 사랑이라면 어떻게 될까요? 그 마음의 최고는 무엇일까요?

"내가 더 낫기를, 내가 더 올바르길, 내가 더 앞으로 나아가길 바라는 마음."

"부모(父母)의 심정(心情)."

여러분은 부모의 심정이 모든 인류가 공통적으로 추구할 수 있는 가치라는 말에 공감하시나요? 특정한 시대, 지역, 이념, 사상, 정치, 철학을 넘어서 말이에요. 남녀노소 어느 누구나 따를 수 있을 것이라 생각하나요? 내가 삶을 마주하며 살아가는 이유로 말이에요. 이 세상이 좀 더 성숙한 의식을 가지고 나아갈 수 있을 것이라고 생각하시나요?

사실 '부모의 심정'이란 단어는 굉장히 심오하면서도 어렵습니다. 머리로 이해하는 내용이 아닌 가슴으로 체휼하는 내용이기 때문이죠. 저자인 저는 아직 결혼도 하지 않았고, 당연히 자식을 낳아 길러본 경험이 없기 때문에 더욱 어려웠어요. 단 수많은 삶의 모습들을 제 나름대로 관찰하고 연구하면서 느낀 내용들, 또 누군가 인연이 되어 알려준 내용들을 바탕으로 나 자신을 비롯

197

해 사람이란 존재 자체를 오롯이 이해하려고 노력했었죠. 사람과 삶을 바라보는 수많은 관점 생각이 있지만 결국 그 모든 것을 한마디로 정의할 수 있는 '정수'가 있다면 소설을 통해 전달하고 싶었습니다.

20대인 저는 아직 세상에 배워야 할 것이 많습니다. 이 넓은 세상 다 돌아보고 싶어요. 매일 TV로만 보는 세상이 아닌 직접 제가 가서 보고 느껴보고 싶어요. 아프리카에 가서 초원의 동물들도 보고 싶고, 바닷속으로 들어가 돌고래와 교감해보고 싶어요. 또 하늘을 나는 비행기에서 뛰어내려 낙하산을 펴고 날아보고 싶죠. 한국에서는 보기 힘든 오로라, 은하수를 직접 찾아가서 보고 싶기도 하고요. 결혼도 하고 싶고, 가정도 꾸리고 싶습니다.

그런데 이 모든 욕구가 어디서 나타나는 걸까요? 무엇이 이렇게 제 삶을 꿈 덩어리 가득한 사람으로 만들고 있을까요? 상상만으로도 가슴이 벅차고 심장이 터질 것 같은 이 기분들은 과연 무엇으로부터 출발했을까요? 내가 나 스스로 만들어낸 것 같지만 사실 절대 나 혼자서는 어떤 것도 할 수 없죠. 분명 나에게 영향을 미친 무언가가 일으켰죠. 예로부터 한민족이 말하던 '하늘'이란 존재가 그것일까요?

"다 받아. 넌 사랑받을 자격이 있어. 축복은 모두 너의 것이야. 전부 다 할 수 있어."

말도 안 되는 소리 같지만 분명 가슴에서 울리는 소리일 때 주체할 수 없이 기쁩니다. 언제부터인가 거울을 보며 스스로 이야기하게 되고 응원하게 돼요. 내면의 빛을 마주한 순간부터 아주 어색하지만, 천천히 발전해가는 모습을 보게 될 때 더욱 커다란 꿈을 꾸게 됩니다. 아침에 일어나는 순간부터 마음속에서 울리는 "할 수 있어"라는 소리는 오늘 하루를 살아가게 합니다. 아주 작은 것부터 기적이라고 생각하게 만들며, 축복으로 받아들이게 합니다. 나와 연결된 사물과 사람, 모든 환경들이 나와 나의 삶을 축복해주기 위해 존재하는 것처럼 느껴져요. '두려움', '원하지 않는 것'에 집중하는 것이 아닌 '꿈, 희망, 소망, 바라는 것'에 온전히 집중하게 됩니다.

글을 쓰는 이 순간에도 저는 수많은 꿈을 꾸며 하루하루를 살아갑니다. 온전히 삶의 주인으로 살아가기 위해 노력하고 있죠. 내면의 빛을 바라보면서 말입니다. 스스로에게 묻고 스스로에게 답하는 것 같지만, 온전히 주인이 되기 위한 훈련과정처럼 느껴집니다. 정말 어렵기도 하고, 좌절하는 순간도 분명 많아요. 바라는 대로 되지도 않고, 열심히 시각화하는데도 현실은 무덤덤하기만 합니다. 어찌해야 할지 모르겠고, 아무리 굴려도 아이디어가 솟질 않아요. 그래도 그 모든 것을 삶을 위한 훈련으로 받아들이게 되면 또다시 움직이게 됩니다.

꿈꾸며 살아가는 삶, 사랑하고 위하는 삶, 사람으로서의 도리

episode 26 부모의 심정

를 다하는 삶, 이 모든 것들이 내면에서 움직이고 작동하는 것은 나를 향한 무한한 부모님의 사랑이겠죠? 제가 이해한 부모의 심정이란 것이 '주고도, 주고도 또 주고 싶은 마음'이라면 잘 느낀 것일까요? 여러분은 어떻게 생각하시나요?

　제가 이 소설을 통해 전달하고 싶은 '부모의 심정'이라는 단어는 꼭 나를 낳아주신 부모님만을 의미하진 않아요. 안타깝게도 이 세상은 '부모'라는 단어를 받아들이기 힘든 사람들이 분명 많습니다. 그렇기 때문에 더욱 전달하고 싶었어요. 본인의 삶은 온전히 본인의 것이 되어야 하기 때문에 스스로에게 묻고 스스로 답을 찾아야 해요. 부모와 자식이 대화하듯 말이에요. 행동의 결과물이 온전히 본인 것이기 때문이죠. 가장 내면 깊숙한 곳을 느껴보세요. 이렇게 말을 하는 저에게도 죽어라 어려운 일이지만, 마음의 구름들을 걷어내게 되면서 아주 천천히 알아가고 있어요. 그 빛은 여러분을 응원하고 있습니다. 세상이 험하고 이해할 수 없는 일투성이어도, 각자가 꿈꾸는 삶을 창조해보아요. 그리고 같이 힘내요.

　"여러분들은 빛입니다."

하늘을 머금은 유리구슬